說謊男孩

THE BOY WHO FOOLED THE WORLD

麗莎·湯普森 LISA THOMPSON 著

陳柔含——譯

大家好，我是這本書的主角柯爾，今年12歲。看故事以前，我先來介紹一下會出現哪些人吧！

爸跟媽

道格·米勒跟珍妮·米勒是我的爸媽。我爸以前在音樂界工作，他幫搖滾樂團處理音響與設備，還會跟他們到全世界巡迴演出，真的超酷的！但是為了照顧我跟我妹梅寶，他就留在家中當全職爸爸了。我媽則在博物館工作，但是最近博物館經營不善、即將關閉。如果媽沒有工作，我們家要怎麼付帳單、買食物呢？真是太糟糕了。

梅寶

梅寶是我妹，今年3歲。她最喜歡玩爸媽從慈善商店買回來的「蝴蝶遊戲」，還要求我一起玩，不然就會大哭。她真的很煩……

梅森

我最好的朋友梅森跟我同班，他住在有一大堆高級房子的「木森園社區」、身上穿著新衣服跟超炫的運動鞋，家裡還有超大的視聽室跟遊戲室，不像我家又破又舊，我好羨慕他。

艾拉

艾拉是我們班的資優生,她很聰明,還會拉大提琴,學校裡的人都覺得她是音樂天才。但是她好像有點冒冒失失的,老是撞到其他人或東西。

瑪莉卡與德倫

瑪莉卡·洛夫是全國知名藝術家!因為她要來參訪學校,我和梅森不僅要打掃美術教室,還要貼一大堆「注意事項」到公布欄,提醒大家要有禮貌,讓她留下最好的印象。德倫是瑪莉卡的私人助理,負責幫她安排行程還有處理事情。

莎賓博士

莎賓博士是歷史學博士,也是媽在博物館唯一的同事。因為博物館經營不善的問題,她好像有很多事情要處理。

美術老師法蘭頓太太、校長泰勒先生

法蘭頓太太是我們的美術老師,她通常會待在美術教室,裡面放滿了我們的畫作跟一大堆美術用具。我們的校長泰勒先生最近很緊張,因為知名藝術家瑪莉卡要來參訪學校,希望我不會讓他失望。

奈爾與雷頓

奈爾跟雷頓是全班最討厭的兩個人了,他們老是嘲笑我身上的衣服跟鞋子,還幫我取了一個難聽的綽號——窮小孩柯爾。

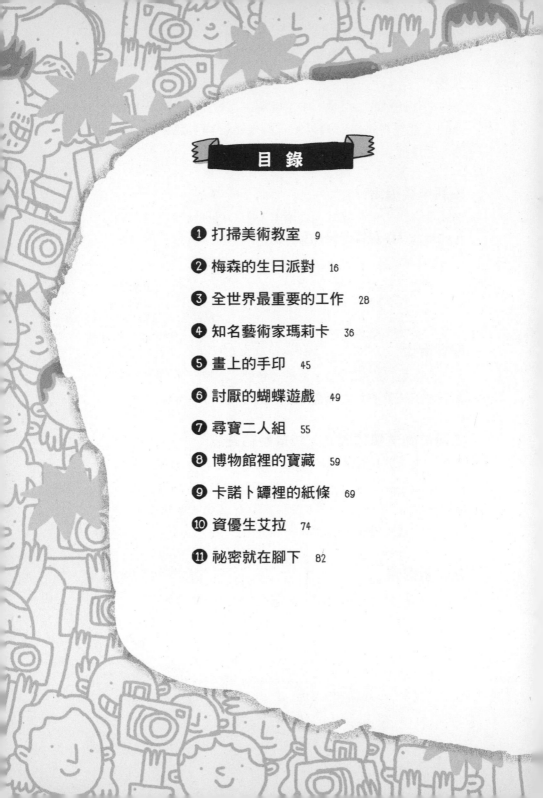

目 錄

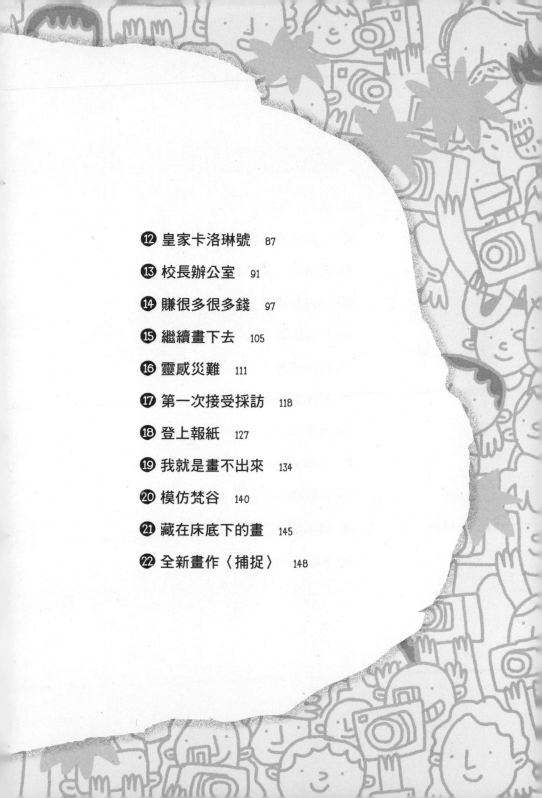

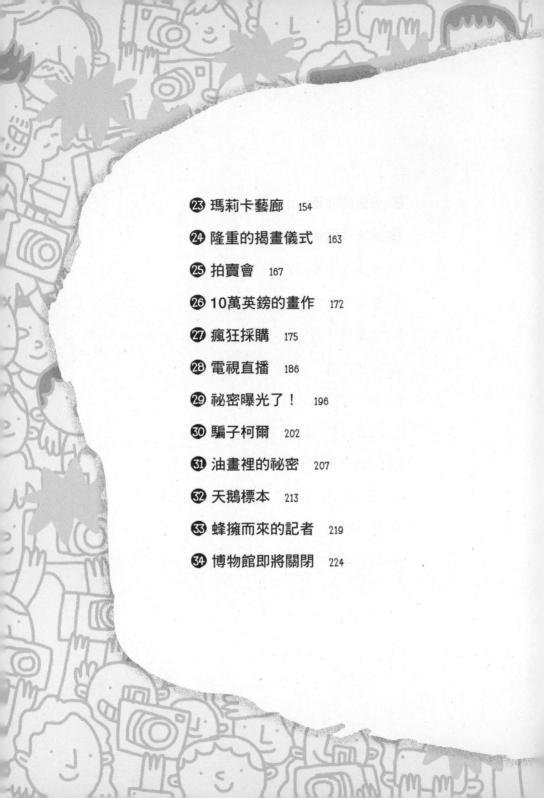

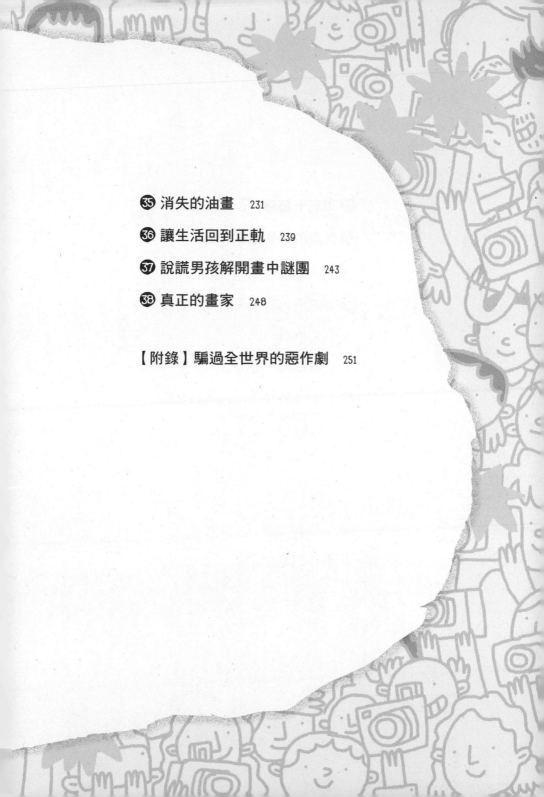

獻給我的經紀人，亞當。

CHAPTER 1

打掃美術教室

　　梅森的頭上套了一個塑膠水桶，他是我最好的朋友。

　　水桶是他在美術老師法蘭頓太太的美術用品櫃裡發現的，他決定戴在頭上跳個滑稽的舞，於是水桶開始搖來晃去。

　　「柯──爾──你──看──我──是──機──器──人。」他說，接著就不小心撞上牆壁，水桶裡迴盪著大大的「噢」一聲。平常，我看到這種事都會大笑，但這次卻沒有心情嘻笑。梅森拿掉頭上的水桶，嘆了一口氣。

　　「你覺得他們到了嗎？」他說。我正在整理一盒口紅膠，把乾掉又沒有蓋子的拿出來丟掉。

　　「到了吧，」我沒好氣的說，「大概在吃冰淇淋當早餐吧。」

　　今天有兩台巴士在點名前一小時就抵達學校，我跟梅森到校時，同年級的學生都已經出發去「探險國度」了。我們的導師說我跟梅森今天不用上課，但是要幫學校準備好以接待明天來參訪的貴賓，整理美術用品櫃就是我們的第一個任務。

「他們一定會先去玩龍洞探險，不然晚一點就會爆滿。」梅森看著一大包黏土說。

「如果是我，我也會，」我說，「奈爾說他至少要玩十次龍洞探險。」

梅森又嘆了口氣。「龍洞探險」是探險國度裡最棒、速度最快的遊樂設施，除了我們兩個，七年級所有學生都會去玩。開學第一天，全年級的人都收到了一張去遊樂園玩的通知單，雖然我知道爸媽不可能有錢幫我買門票，但我還是把通知單放在餐桌上。爸媽從來沒有提過這件事，我不去遊樂園，學校裡的大家也不意外。我才剛上克勞瑟中學不久，不過多虧了雷頓和奈爾，我已經有了「窮小孩柯爾」的綽號，這是他們從〈老國王柯爾〉這首兒歌的歌詞改編的，這個綽號聽起來真的好蠢。我真的真的好希望他們在搭龍洞探險時大吐特吐。

梅森往地上的一箱紙踢了一腳。

「我們竟然不能去，真是不公平。」他說。梅森的爸媽超級有錢，買門票根本不是問題，但他們沒有在期限內簽名。他們的工作都很忙，經常不在家，有時候我都覺得他們忘了梅森的存在。

「你們進行得如何？」法蘭頓太太從櫃子旁邊探出頭來問，「噢，進度很不錯喔！」

「我不懂耶，老師，」梅森說，「為什麼要整理櫃子？」

法蘭頓太太拿起梅森剛才套在頭上的水桶，放到另一個架子上，仔細端詳一陣後又把它放回原位。

「因為美術組必須將最好的一面展現給我們特別的貴賓看呀，梅森。」她說，「瑪莉卡・洛夫是重量級的藝術家，她來參觀學校對我們會有很大的影響。」

　　瑪莉卡・洛夫是很有名的畫家，大約20年前念過克勞瑟中學。我說的「有名」是指，許多人都聽過她的名字，不過大家只知道她很常上電視也很有錢。她的畫作賣了好多好多錢，她在倫敦、巴黎和紐約都有房子。這樣一位名人要來學校參訪，肯定是件大事。

　　「泰勒先生想請你們把這些釘在走廊上，釘在顯眼的地方，讓所有同學都看得到。」法蘭頓太太說。她交給我一些A4紙，再給梅森一盒圖釘。我拿起來看：

瑪莉卡・洛夫參訪

校園規範

我們知名的藝術家、貴賓，同時也是校友的瑪莉卡・洛夫即將來到學校，請遵守下列規範，讓她憶起克勞瑟中學這個獨一無二的園地！

一、所有學生請隨時拿出最好的表現。

二、請勿擅自接近瑪莉卡或與她交談，除非她先跟你說話。

三、當瑪莉卡開口時，請以禮貌和友善的態度回應，注意語氣。

四、請勿張望，知名人士不喜歡被人盯著看。

「貼完公告之後就去泰勒先生的辦公室，看他還有沒有事情要交代你們。」法蘭頓太太說，「你們表現得非常好，太棒了！」

　　她今天對我們特別好，一定是因為覺得我們很可憐，同學都忙著搭雲霄飛車、吃薯條，我們卻只能待在這裡。一想到大家都在探險國度的陽光下跑來跑去就讓我羨慕不已。

　　「走吧，去貼公告。」我說，並且向梅森揮一揮手中的公告。我們都大嘆一聲，走向走廊。

　　「你看過瑪莉卡・洛夫的畫嗎？」我們在布告欄前停下來時，梅森這麼問，「不過就是些有顏色的格子而已，超奇怪的。」我拿著一張公告，他在四個角釘上圖釘。

　　「是啊，每個格子都代表她人生裡的某樣東西，端看她用什麼顏色。」我說。

　　梅森哼了一聲，「願意花幾千英鎊買彩色方格畫的人，他的錢肯定比判斷力還多，說不定她都在背後笑他們。」

　　我們繼續前進，把另一張公告貼在一扇門後面。

　　「你的派對還會舉行嗎？大家從探險國度回來不會太晚嗎？」我問。上個週末是梅森的生日，派對就辦在今晚。

　　「會呀！5點鐘，你還是會來吧？別忘記了！」他說。

　　「我當然記得，」我說，「今天已經錯過了探險國度，總不能再錯過梅森・弗格森的派對吧？」梅森露出微笑。我們成為朋友已經有一段時間了，不過這是我第一次到他家。我很興奮，他從來沒有邀請我去他家過，他家一定又大又華麗，連派

對邀請函看起來都很貴，那是一張有金色浮雕又很厚的卡片。

我很煩惱有錢人會想要什麼生日禮物，所以上週五我問狄恩打算送什麼給梅森，但是狄恩卻對我皺起了眉頭。

「什麼派對？」他咕噥著說，「我怎麼不知道有派對？」我聳聳肩後跟他說沒事，之後就再也不敢問別人了，免得又問到那些沒被邀請的人。梅森顯然只挑了少數幾個人去他家，我可不想多嘴。

我們在學校裡把剩下的公告貼完，然後走向泰勒先生的辦公室。

「你覺得他還會叫我們做什麼？打蠟樓梯嗎？」梅森抱怨

著。校長辦公室的門沒關，我們看見泰勒先生在講電話，他看見我們，示意要我們進去。

「當然……當然，好、好……」他對電話裡的人說，「我們會準備很多薑黃茶和一大盤水果……好、好……不要柑橘類的，了解……」

他急忙動筆記下，臉有點紅。

「請容我這麼說，德倫，洛夫小姐能在百忙之中抽空到學校參訪，我們倍感榮幸，學生也都非常興奮。」

梅森看著我挑起眉毛——我們可不這麼覺得。

「……我們希望瑪莉卡了解……我是指洛夫小姐，我們的美術大樓一向……嗯……歡迎各界贊助……整修經費。」

泰勒先生的臉更紅了。

「當然、當然，」他緊張的笑著說，「期待她明天大駕光臨，再見！」

他掛上電話。

「兩位！」他跳下椅子說，「你們貼好公告了嗎？」

我們都點點頭。

「太好了。」他抹掉額頭上的一滴汗珠，走向辦公室的一角，那裡有兩支大掃把，我的心一沉。

「你們都知道，瑪莉卡·洛夫明天的來訪對學校來說非常重要，我們要讓她留下最好的印象。」

他拿起掃把，站到我們面前。

「我要請你們打掃校門口到停車場的路面，清掉所有落葉

和石頭。」

我望向梅森，他在泰勒先生遞掃把給他時翻了翻白眼。

「去吧，」泰勒先生快步走回辦公桌，「你們做得好極了，真的是好極了。」

我們轉過身去，慢慢離開辦公室，走過學校川堂。

「去不成探險國度，居然還要做這種事！」梅森消沉的說。我們都嘆了口氣，拖著掃把往校門口走去。

CHAPTER 2

梅森的生日派對

　　梅森家位在「木森園社區」，距離我住的「側公路社區」
大約一公里。去年聖誕節，爸媽帶我們到木森園社區散步，欣
賞那些華麗房屋的戶外裝飾。有間屋子被一閃一閃的亮光覆
蓋，就好像有張鑽石做的蜘蛛網，從煙囪一路垂到門邊；另一
間屋子前院的草坪上有九隻跟真鹿一樣大的機械馴鹿，其中一
隻還有閃亮的紅鼻子。我們偶爾可以看到屋子裡面，透過某扇
窗戶，我看到房子裡有一棵高得碰到天花板的聖誕樹。我家有
一棵塑膠聖誕樹，雖然有幾根樹枝已經不見了，但是我們每年
還是會把它從閣樓裡找出來。

　　我的妹妹梅寶坐在嬰兒車裡，爸推著她，陪我走去木森園
社區參加梅森的生日派對。我們出門時耽擱了一下，因為梅寶
不願意扣好安全帶，為了讓她乖乖坐好，爸只好答應她回家後
可以吃餅乾。我在出門前找到了一顆「超級彈力球」，那是我
去年收到的生日禮物，包裝都還沒有拆，於是爸幫我把它包
好，還綁上紫色緞帶試著讓它看起來高級一點。梅森肯定會收

到一大堆禮物，運氣好的話，我就可以把這個爛東西藏到最後面。

我們離家愈來愈遠，路上的房子也愈來愈大間。梅寶看見某戶人家的前院有一座很大的大理石噴泉，我們只好停下來看了三分鐘。

「不要一直停下來，爸，」我說，「我已經遲到了！」

「看！水嘩啦啦！」梅寶說。她坐在嬰兒車裡，一邊撥開眼前的金髮，身體也往前靠。

「走吧，梅寶，我們可以回來再看。」爸說，並開始往前走，「我們可不想讓柯爾錯過好玩的，對吧？」梅寶倒回嬰兒車裡，把毯子蓋在頭上表示抗議。

抵達梅森家時，我發現去年聖誕節有發亮蜘蛛網的那間屋子就是他家。梅森家的碎石車道大得能停下十輛車子，爸還得將梅寶的嬰兒車轉過來，用拉的才能通過碎石路面。爸按下黃銅色的門鈴時，梅寶的毯子還蓋在頭上，我妹每次生氣都會氣很久。

我沒有聽見屋裡傳出任何開派對的聲音，大家一定都在後院。門打開了，梅森的爸媽滿臉笑容的迎接我們。

「柯爾！歡迎你來！」梅森媽媽說，「我是『塔瑪拉』，梅森經常提到你呢，是不是啊，阿休？」梅森爸爸點點頭，露出潔白的牙齒，我也對他微笑。他的皮膚曬得黝黑，穿著藍色襯衫和好看的西裝褲，看起來不是那種每天都穿牛仔褲的人——也就是我爸。

「要不要進來喝杯咖啡？」梅森爸爸說，一邊上下打量著爸。

「謝謝你，但我還是先回去好了，梅寶在鬧脾氣，我答應她要在回家路上走走看看。」爸說。梅寶掀開毯子偷看了一下，馬上又把臉蓋住。

「喔，對，」梅森媽媽說，「你好像不住在木森園這一帶，對吧？」

「對，不過也不遠，我們住在側公路社區。」爸說。

這時氣氛好像沒那麼熱絡了。

我很想進去，但他們擋在門口，我也沒有看到梅森，或許他跟大家一起待在後院。

梅森爸爸清了清喉嚨。

「聽說側公路社區有間很不錯的迷你超市，24小時營業，隨時都可以買！」他說。

爸的表情亮了起來。

「沒錯！不過我們不太會去那裡買東西，挺貴的。」

大家又再次沉默，梅森媽媽看了看手錶，爸則望著我。

「那麼，我該回去了，我們7點再見，柯爾。」他說，「玩得愉快！」梅森爸爸移開身子，我便走了進去。爸轉身將梅寶的嬰兒車拖過車道，輪子在碎石坡上留下兩道深溝。我看見梅森媽媽瑟縮了一下。

我在玄關裡到處看，盡量不讓自己露出目瞪口呆的表情。這裡簡直就跟我家的一樓一樣大，左邊和右邊都有幾扇門，正

中央有一道很寬的樓梯。我往上看，那裡有個陽台，再過去還有至少八扇門。所有東西都是明亮的白色，包括地毯，讓我感覺自己來到了天堂。

梅森爸爸的手機響起，他走到某個房間接電話並把門關上。

梅森媽媽低頭看著我的鞋子，我馬上脫掉，把它放在一進門的黑色鞋架上。

「你的襪子有很多毛嗎？」她看著我的腳說。我穿了一雙有很多快樂小聖誕老人的紅襪子——雖然現在才十月。「我的意思是，這雙襪子會掉紅色的毛嗎？」當我正要開口說不知道時，梅森出現了，他大搖大擺的像滑壘一樣滑過地毯，差點撞上我。

「柯爾！你來了！我沒聽見門鈴聲，你好嗎？」他興奮的問，我笑著點點頭。梅森媽媽望了我的襪子最後一眼，然後跟梅森說了句悄悄話、拍拍他的肩膀便往裡面走去。

「生日快樂，梅森。」我說，一邊拿出包好的超級彈力球對他搖晃。我四處尋找可以把它埋進去的禮物堆，不過沒看到這樣的東西。

「謝啦，我待會再拆。」梅森說，他把禮物放在玄關桌上，旁邊是他跟爸媽去熱帶海灘玩的照片。他打開玄關桌的抽屜，拿出兩個很像藍色小塑膠袋的東西。他揉一揉之後朝我丟過來，它們便掉在地上。

「你還是穿上這個吧。」他說。我彎腰撿起，那是鞋套，

看起來有點像邊緣綴著一圈鬆緊帶的浴帽。我發現梅森的襪子上已經套好鞋套了，我望了他一會兒，不知道為什麼要穿這個，但我想大概是要避免毛掉在白色地毯上吧。於是我坐在門墊上，套起塑膠鞋套。

「一開始感覺很怪，不過這很好滑。」梅森說，「我曾經一口氣從書房滑到視聽室！」

我撥了撥鞋套，這間房子好安靜，大家都在哪裡呢？

「從探險國度回來的車是不是遲到了？」我問。梅森抓抓頭。

「啊，對，我本來要跟你說……爸媽說我只能邀請一個朋友來慶祝生日，我選了你，所以恐怕只有我們了。」

「噢。」我說。

我站起來，藍色塑膠鞋套在柔軟的白色地毯上發出沙沙聲，這跟我之前去過的生日派對不一樣。梅森低著頭，穿著鞋套的腳摩擦著地板，弄出窸窸窣窣的聲音。

「嘿，梅森，」我說，「你剛才是不是說你家有……視聽室啊？」梅森慢慢抬頭看我、露出笑容。

「來吧，」他說，「我帶你參觀！」

梅森家真是太不可思議了，除了視聽室（裡面有十張躺椅），還有很多電腦的遊戲室、健身房（樣子和味道都像沒人使用過）和酒窖（不過我們不能下去）。我們去了一間他稱為「休閒室」的地方，看起來就像另一間客廳，我從那裡看到了後院。後院露台上有個亮晶晶的籃球框，再過去還有好大好大

的草皮，草長得很茂密，就像屋裡的厚地毯一樣。後院的一邊還有個跟實際尺寸一樣大的足球門。

「哇，你家院子真大！」我說，連假裝鎮定都不用了，「連球門都有呢！我們可以去踢球嗎？」

「不行，抱歉，草皮才剛整理過。」梅森說。我望著那片茂盛的綠色草皮，看起來沒有走動過的痕跡，更不可能踢過足球了。

我們去下一個房間，裡面有一張加大雙人床、一個吊床和一間獨立的浴室。

「你真是個幸運兒！」我說，一邊想著我冷颼颼的房間。那裡地毯破舊，床墊的彈簧還會頂到我的肋骨。我坐在吊床上搖來搖去，如果可以住在這樣的房子裡，我什麼都願意，這裡是我見過最棒的地方了。

「等等，我還沒拆你送的禮物！」梅森說。我本來想叫他等我回家再拆，可是他已經跑出去拿了。我覺得好尷尬，他想要的都有了，而現在，他即將打開這場派對上唯一的禮物，還是個很糟的禮物。我待在吊床上慢慢晃著，然後被樓下傳來的大叫聲嚇了一跳。過了幾秒鐘，梅森出現在他的房門口。

「我一直都想要這個耶！」他說，眼神閃閃發亮，「我們可以去露台玩玩看嗎？」

「嗯，好啊！」我說。他好像很喜歡，這讓我鬆了一口氣。

我跟著梅森下樓，從門邊的鞋架上拿起我的髒鞋子。這時

候，梅森拿出一雙白色運動鞋，彷彿他的生活還不夠令人讚嘆似的。

「是XT50嗎？」我說，驚訝的張大嘴巴。

「是啊，這是我爸媽送的生日禮物。」他說，「很酷吧？」我點點頭，他遞了一隻鞋給我，我用手指輕輕摸著鞋頭。這雙鞋好亮眼，我差點就要流出淚來，XT50是非常非常貴的鞋子。

「超棒的。」我小聲的說，一邊把鞋遞還給他。

我們走到有大玻璃門的大餐廳，外面就是露台和院子。梅森打開門，我們脫掉藍色鞋套、換上鞋子。

在露台上玩彈力球真是有趣，我們又喊又笑，大聲到他媽媽都出來叫我們安靜。梅森奮力一彈，我漏接了，球掉到完美無瑕的草皮中央。梅森趕快跑去撿，結果他爸爸從樓上的窗戶大喊要他離開草皮。

「我們還是彈輕一點吧，」他紅著臉說，「這樣比較能控制。」

我們又來回輕輕彈了28下，接著梅森媽媽叫我們進去吃晚餐。我們脫掉鞋子，在襪子上套好塑膠鞋套，進屋裡去。

晚餐是披薩，我家通常都吃沒什麼餡料的冷凍披薩，但這個披薩是某間餐廳送過來的，盒子上面寫著「自家柴燒窯烤」。我拿了三片，口味是義式臘腸加綠色蔬菜和辣椒。梅森媽媽說我可以自己拿大木碗裡的沙拉，但我一心一意吃著披薩。我在嘴巴辣得像火燒一樣前努力吃了兩片，然後大口灌下

黑醋栗果汁，我從來沒有吃過這麼辣的辣椒。

晚餐後，梅森媽媽到另一個房間拿出熱帶島嶼形狀的蛋糕。我們一起唱了生日快樂歌，梅森也吹熄了插在棕櫚樹之間的12支蠟燭。

「這是我見過最棒的蛋糕了！」我尖聲說。每個人都轉過頭來看我，我也漲紅了臉。

「我訂做了這個蛋糕，可以讓你想起我們在安提瓜島的假期。」梅森媽媽說，並在他頭上親了一下。

梅森露出微笑，「謝啦，媽。」他說。我覺得他看起來沒有特別感動，大概是因為經常吃到這種生日蛋糕吧，可是我覺得棒呆了。

吃完蛋糕（這是我吃過最美味的東西）後，我們回到視聽室，坐在第一排中間的位子上，椅子覆著一層紅色的柔軟天鵝絨。我沉坐在椅子裡，頭靠著椅背，轉頭望向梅森。

「你好幸運喔，」我說，「我家簡直爛透了。」

梅森皺起眉頭，他去過我家好幾次了。

「不會啊，」他說，「你家……感覺很親切。」

我可不覺得一間地毯單薄、壁紙脫落，冷颼颼又破舊的房子有什麼讓人覺得親切的地方，但我什麼都沒說。

我們看了一些舊卡通，不過真的很好看。我最喜歡的那部有一隻叫「威利」的狼，牠住在沙漠裡，一直想逮住一隻叫「嗶嗶」的高瘦藍鳥。一開始你會覺得那隻鳥好像很笨，因為牠總是到處啄地上的穀子吃，但牠其實很聰明，每次都有辦法

贏過威利狼，還會在一飛沖天前發出「嗶嗶」聲。梅森說他爸爸最喜歡這些舊卡通了，他工作還沒有那麼忙時，他們會一起看。

看完最後一集時，梅森看了一下手錶。

「還有15分鐘，你爸就會來接你了，」梅森說，「要玩彈力球嗎？」

「好啊。」我附和著。我們走出視聽室的時候，我用套著鞋套的腳，滑向剛才吃披薩的廚房，我感覺嘴巴還是辣辣的。

「我去拿飲料。」我大喊。梅森走進餐廳，準備打開落地窗。

我的那杯黑醋栗果汁還放在餐墊上，我喝了一大口，冰冰涼涼的感覺真棒。接著我把果汁拿到餐廳，小心的放在圓桌上一瓶鮮花旁邊，這時候梅森已經在外面玩彈力球了。

「先幫它熱身一下，說不定它可以彈得更高。」他在我走到露台時說。他把球丟給我，我讓它彈回去。

「1！」他接球時大喊。

接著把球朝我彈過來。

「2！」我說。

我們就這樣彈了22球，我開始笑，結果差點漏接。

「23！」梅森用單手接球說。他旋轉手臂，把球推了過來，但球沒有在露台上彈跳，而是直接朝我飛過來。我急忙用手擋住臉，球就從我的手臂上彈開、飛進屋子，朝我的黑醋栗果汁飛去。

「不！！！」梅森高喊。我們都衝了過去，但來不及了。玻璃杯被球打中，翻倒後滾到桌子邊緣，紫色的果汁流到了白色的厚地毯上。我們看著果汁的印子，梅森臉色慘白，接著轉頭看我。

「你為什麼要把飲料放在那裡？你不能在這裡喝果汁！」他大聲說。

「什麼？這裡是餐廳啊！為什麼不能在餐廳喝果汁？」我說。黑醋栗果汁造成的汙漬似乎愈來愈大，在高檔又潔白無瑕的地上蔓延。

「我們是不是該拿什麼把果汁吸起來嗎？」我問，感覺很不安。梅森跑到廚房拿了一條黃色的茶巾，跪下來壓在果汁上。那條茶巾很快就變成了紫色，但染色的地毯好像還是沒什麼改變。

「你不覺得應該跟你媽說嗎？」我說。雖然我不希望他說，但我想她應該知道該怎麼處理比較好。梅森沒有理我，他用茶巾規律的按壓，好像在拯救心跳停止的地毯。

門鈴響起，爸來了。我們互望了一陣子，梅森完全笑不出來。

「什麼都別說，好嗎？」他咬著牙低聲說。我點點頭，覺得這樣也可以。他把翻倒的杯子擺正、關上落地窗，再把彈力球放進口袋。我們很快的換下鞋子並套上鞋套，我看見梅森的新運動鞋上有一道紫色果汁的痕跡，他用手抹了一下，痕跡消失時我簡直鬆了一口氣。我們走到門口時，梅森媽媽正好把門

打開。

「嗨，爸。」我看見爸時說。我馬上脫掉鞋套，把腳塞進鞋子，想趕快離開這裡。爸露出微笑，他有點困惑，因為我好像是這場派對唯一的客人，而且腳上還套了塑膠套。我對他挑了挑眉毛，我想他應該明白現在最好什麼都別說。

「你們玩得開心嗎？」爸問。我跟梅森點點頭，但都沒說話。

梅森爸爸拿著一大塊餐巾紙包著的蛋糕出現。

「這個給你，柯爾。」他說，「可以請妹妹吃。」

「謝謝你，弗格森先生。」我低著頭說。

「他們真的很乖，我們都沒聽到什麼吵鬧的聲音，對吧阿休？」梅森媽媽說。她顯然忘記剛才有叫我們安靜了，在她的話裡，我們聽起來好像只有5歲，而不是12歲。

「很高興他來我們家，」梅森爸爸說，「歡迎你隨時再來，柯爾。」

我想著被黑醋栗果汁染色的珍貴白地毯，一邊忍住不安的感覺。

「謝謝你們邀請我來。」我說。我對梅森咕噥了一聲「掰」之後，跟著爸一起從車道離開。爸在回家路上說了好多話，想知道我們玩了什麼。我跟他說梅森很喜歡彈力球，他便拍拍我的背。

「看吧，柯爾，有時候最簡單的禮物反而最有意義，你懂嗎？」

我也跟他說了視聽室，還有那部有狼跟大鳥的卡通。他笑著說他很高興我玩得這麼開心，於是我馬上決定不告訴他黑醋栗果汁的事。

　　梅寶總是把食物吐出來，把家裡搞得一團亂，但我爸媽並不介意。我覺得這件事會讓梅森很困擾，希望他不會惹上太多麻煩。

CHAPTER 3

全世界最重要的工作

隔天一醒來，我第一個想到的就是梅森家白色地毯上的果汁汙漬。如果必須賠償，爸媽賠不起，我也沒有零用錢或存款可以賠。

我走下床，冷得發抖，暖氣好像又故障了。我房間裡的空氣又乾又冷，跟戶外一樣。我趕快穿上襪子，把手伸進睡袍。這件睡袍太小了，袖子剛好蓋過我的手肘。

當我下樓時，媽還在家，通常她這時候已經去上班了。

「早安，親愛的，我今天會晚一點出門，」她說，「早餐吃麥片，別倒太多。」

我從櫥櫃裡拿出碗，搖一搖咖啡色的麥片，讓它掉進碗裡，但太多了，所以我舀一些回袋子。

媽撐著手看著我，我心頭一沉，一定是梅森的爸媽打電話來，跟她說地毯報銷的事。

「是不是發生什麼事了？」我問，表現得什麼都不知道的樣子。媽深吸了一口氣。

「這恐怕不是什麼好消息，柯爾。」她回答，「博物館要關閉了，我快沒工作了。」

「什麼？」我說，「為什麼？」媽的雙眼充滿淚水，我的腦袋冒出一堆擔憂，如果媽的工作沒了，那我們的錢從哪裡來？我們要怎麼付帳單、買食物呢？我們的錢已經比以前還少了！

「來參觀的人太少了，」媽說，「我跟莎賓博士都知道會有這一天，我們只希望能讓博物館營運久一點。」

莎賓博士是媽唯一的同事，也是歷史學博士。

「妳策畫的那些活動呢？」我說，「『埃及木乃伊見面會』和『如何成為地質學家』呀？」

那些是為學童策畫的暑期特別活動。媽嘆了一口氣。

「幾乎都沒有人來，柯爾。但也不意外，因為我們沒有錢打廣告。沒有資金可以宣傳，大家又怎麼會知道博物館有多特別呢？」

更糟的是，媽很喜歡在那裡工作。她原本打算上大學讀歷史，但是她18歲時就懷了我，後來就沒時間了。我還是嬰兒的時候，她開始到這裡的博物館當志工，她做得很好，所以鎮公所就提供她全職工作，爸就是從那時候開始待在家照顧我們的。

「那我們怎麼辦，媽？」我說，「妳沒工作的話，我們怎麼辦呢？」

「別擔心，」她試著微笑，「我會找其他工作的，你爸也

還在找夜間工作。」她緊握了我的手臂一下，但我知道她在忍住不哭。

梅寶穿著不成套的睡衣出現、抱住媽的大腿，她一定是感覺到了有些事不太妙。

「要是有更多人來參觀就好了，真是太可惜了，我們展覽了很多珍貴的東西，卻沒人有興趣。」

爸走了過來，按下快煮壺。

「早安，柯爾。」他說，「媽跟你說了嗎？」

我點點頭，一邊將碗裡的麥片撥來撥去，我不覺得餓了。

「別擔心，」爸拍拍我的肩膀說，「我們會找到辦法的。」

我看著他敲了一下熱水器。

「又沒熱水了，珍妮。」他對媽說，「我快被這個熱水器搞死了。」那個掛在後門牆上的方形金屬箱抖動了一下，彷彿想做些什麼，接著倒抽了一口氣，安靜下來，它老是壞掉。

我看著爸又敲了它一次，他穿著牛仔褲和某件老舊的搖滾樂團T恤。有一瞬間，我好想對他大喊：

「為什麼你就是不解決這些問題，爸？為什麼你就是不能像別人的爸爸那樣找份工作？」

我想起昨天晚上見到的梅森爸爸，他有好看的襯衫和爽朗的笑容，他一定有很多錢可以請人修理熱水器。他有份好工作，就跟別人的爸爸一樣。更慘的是，我所有朋友都知道我爸沒有工作……

梅寶才幾個月大時，我的小學老師寫信給家長，請他們到學校分享自己的職業。我出生之前，爸在搖滾樂團當設備人員，他跑遍歐洲，幫樂團帶設備進出會場，把一切準備就緒。這個工作聽起來很棒，爸說要來分享會時我也很高興。

抵達學校時，我們的老師威廉太太站在門口歡迎大家。

「各位家長，感謝你們出席！請大家前往禮堂，點完名後我就會帶學生過去。」

爸輕拍我的頭之後就跟其他大人一起離開。出席的家長共有五位，三個爸爸和兩個媽媽；除了爸之外，另外兩個爸爸穿西裝，還有一個媽媽穿著綠色的制服，我想她應該是急救人員。

等我們齊聲說「早安，威廉太太」之後，我們就前往禮堂。爸跟其他大人一起坐在最前面，雷頓的爸爸正在一塊很大的投影屏幕旁邊準備演講用的投影片。爸沒有要演講，他只打算跟大家聊天，但他的工作比別人的有趣多了。

「爸！爸！」雷頓大喊，一邊瘋狂揮手——雖然十分鐘前他才見過他爸爸。我坐在第二排，笑容滿面的看著爸，他也對我眨眨眼。

「好，各位同學，大家都很興奮吧？」威廉太太站在前面說，「今天我們有非常特別的嘉賓，準備熱心的介紹他們的工作。請大家仔細聆聽大人的介紹，之後可以問一些問題。摩根先生，就從你開始好嗎？」

雷頓的爸爸在筆記型電腦上點了一下，對我們露出笑容，

身後的投影屏幕出現了房屋仲介的廣告。

「爸爸、媽媽有房子的請舉手。」摩根先生說。我看見空中出現一堆手臂，但我沒有舉手。我們住的房子是姨婆的，雖然我們有付房租給她，但這間房子並不屬於我們。因為有親戚關係，所以房租有優待，但修理東西還是要我們自己出錢。

「好！大部分的人都有，」他說，一邊來回踱步，「真是太好了！也就是說，你們的爸爸、媽媽在買房子時，可能都找過像我這樣的人，我是『房屋仲介』。」

摩根先生在投影片放了他在這附近賣出的各種房子和價格，一開始我們都覺得很有趣，因為可以知道很酷的房屋裡究竟長什麼樣子，但一陣子之後，我們在硬邦邦的椅子上就坐不住了。唯一沒有動來動去的就是雷頓，他對不專心聽的人都露出了不高興的表情。

威廉太太問我們有沒有問題想問，於是有人問他賣過最貴的房子是什麼，但下一個人則開始問他最喜歡什麼顏色，所以威廉太太決定讓下一位家長開始分享。下一位是凱瑟琳的爸爸，他是律師，大家都很興奮，因為我們都以為他的工作和罪犯、殺人犯有關，但他大部分的工作是幫人辦理離婚。再來是琵亞的媽媽，她是幫人配眼鏡的配鏡師。她向我們介紹了一些檢查眼睛的儀器，還讓狄恩到前面去試戴檢測度數用的大鏡框。接下來是那位穿綠色制服的媽媽，我猜得沒錯，她是急救人員，並告訴我們她拯救了車禍傷患的一條腿。當她正要開始講血淋淋的部分時，威廉太太臉色發白，打斷了她，說時間快

不夠了，必須請最後一位家長上台。

　　爸站起來走到前面時我好緊張，威廉太太跟大家說他是米勒先生，接著爸就開始說話了。

　　「這個早上大家都認識了一些很有趣的職業，對吧？」他說。大家都點點頭，回答「對」。聽到爸像老師那樣說話感覺好奇怪，但我也等不及要讓大家認識他超棒的工作和那些知名樂團了。

　　「我想我的工作應該是有史以來最重要的，有人想猜猜看嗎？」

　　有幾個人舉手，爸請他們猜。

　　「警察？」某個人說，但爸搖搖頭。

　　「政治人物？」

　　「足球選手？」

　　爸笑著跟那幾個人說猜錯了，我感覺有點不自在。當樂團的設備人員是很酷，但應該不算是世界上最重要的工作吧，跟首相之類的比起來沒那麼重要。

　　「有些答案很不錯喔，不過沒猜中，我的工作比那些都還重要，我是個『爸爸』！」

　　我感覺心情沉到了禮堂冰冷的木地板上。這真是太悲慘了，我慢慢頹坐在椅子上，把手抱在胸前。

　　「這哪算什麼工作啊！」崔佛從後方大喊。

　　「這真的是喔！」爸說，「柯爾的媽媽有一份全職工作，她是負責賺錢的人，但我也有很多責任，那就是照顧兒子和出

生不久的女兒。」

我感覺臉快燒起來了，那些巡迴表演呢？大型演唱會呢？有名的搖滾明星呢？有幾個人轉過來看我，但我緊盯著地板，希望他不要再說了。為什麼他不像雷頓的爸爸那樣當房屋仲介呢？或是當急救人員，勇敢的救人呢？

爸繼續說照顧孩子是多麼重要的工作，但大家已經不感興趣了。威廉太太從椅子上跳起來問大家有沒有問題，我屏住呼吸，祈禱沒有人發問，但前面有個女生舉手了。

「你有工作過嗎？」

「有。」爸說。終於！總算開始有趣了，我坐直身體，面帶微笑看著爸，現在大家可以認識他真正的工作了。

「我以前在音樂界工作，跟很多樂團一起巡迴世界。」

這才對嘛！我東看西看，發現幾個人露出有興趣的表情。

「但後來我們覺得這份工作薪水低，我又經常不在家，實在不太適合，所以我決定當全職爸爸，畢竟金錢不是一切！」

他說完便笑了一下，但禮堂一片沉默。我駝著背、看著大腿，時間應該到了吧？奈爾舉起手，我默默慘叫。

「你很窮嗎？」他問，我看見他得意的笑容。威廉太太準備開口，但爸已經開始回答了。

「如果你是以擁有多少錢來判斷窮不窮，那我們的確很窮……」

禮堂響起一陣小小的驚呼。

「但我們在其他方面很富有，我們一家人有很多相聚的時

間，這是無價的。」

　　沒有人說話了。我覺得好難受，我知道爸在看我，但我躲開了他的視線。我為什麼會以為他要分享樂團設備人員的工作呢？為什麼？我們為所有家長拍手，當他們離開後，我們走回教室，但是有人過來推了推我的肩膀。

　　「剛才真有趣，」雷頓說，「窮小孩柯爾！如果這就是你爸的工作，那你就是他的老闆了吧？」

　　「他有領津貼嗎？我叔叔以前什麼都沒做就有錢可以領，我媽說他很懶惰。」夏儂說。

　　我好想哭。

　　在那之後，大家看我的眼光都不一樣了。我變成了「窮小孩柯爾」，從此擺脫不了這個綽號，我的爸爸待在家、不工作。

　　而現在，媽似乎也要失業了。

CHAPTER 4

知名藝術家瑪莉卡

聽完媽令人震驚的消息之後，我出發去上學。爸媽留在廚房討論接下來要怎麼做，但聽起來沒什麼規畫。而且我聽得出來他們很擔憂，這更讓我心慌了。

當我走到運動場時，大家都在談論去探險國度的事情。梅森不見人影，所以我站在奈爾、雷頓和狄恩後面。

「嘿，窮小孩柯爾！」奈爾轉過來說，把手搭在我的肩膀上，「你錯過了精采的一天啊！」

「對呀，遊樂園裡都沒有人，根本不用排隊！」狄恩說，「過去就可以直接玩。」

「太好了。」我低聲說，一邊尋找梅森的蹤影。他們三個繼續聊昨天的趣事，接著後方傳來一聲巨響。我們轉身去看，艾拉的大提琴倒在地上。

我們看著她重新背好雙肩上的兩個包包，再抱起巨大的黑色琴盒，吃力的走過柏油路。艾拉是音樂天才，她可以不用上某些正課，這樣就有更多時間準備全國比賽，她就是這麼厲

害。

「莫札特來了，」雷頓笑著說，「真蠢。」雷頓似乎覺得幫人取綽號很好笑。

鐘聲響起，我們紛紛走向教室，我發現我跟梅森昨天貼在門上的某張公告只剩下一個圖釘。今天就是知名藝術家瑪莉卡‧洛夫來參訪的日子。

梅森趕在點名前的最後一刻跑進教室。

「嘿，老兄。」他紅著臉，氣喘吁吁的說。他爸媽在他起床前就要出門上班，所以每天早上，他都要自己起床、吃早餐、設定家裡的警報器，然後再上學，所以經常遲到。

「嘿，老兄。」我說。一想到他家地毯上那鮮紫色的汙漬就讓我覺得很不安，聽完媽工作的事情之後，要付清洗地毯的費用根本免談。

「梅森，」我緊張的說，「你爸媽有發現嗎？」

梅森點點頭說：「別擔心，沒事的，我跟他們說是我把果汁打翻的。」

我真是鬆了一大口氣，當我正要向他道謝時，導師坎寧小姐跑進教室。

「7A班，我們恐怕得改變今天的計畫了。瑪莉卡‧洛夫沒辦法在這裡待上一整天，所以你們要跟平常一樣去上課。」

班上出現一陣哀嚎。

「我們到處打掃，她竟然只待一下下！」梅森小聲的說。

「瑪莉卡的助理說她不參加朝會，也不進行校園巡禮，」

坎寧小姐翻白眼說，「但她會觀摩一下美術課。7A班，你們今天早上有美術課對吧？」

　　幾個人咕噥了一聲「是」，坎寧小姐拿了簽到表，開始講解規定，要我們拿出最好的表現。

　　抵達美術教室時，法蘭頓太太正忙著擺放畫架和一疊又一疊的圖畫紙。

　　「大家都坐好，7A班。」她高喊，「安靜！她隨時都會過來。」

　　我坐在梅森和艾拉中間，看著法蘭頓太太到處躂步，好像不知道該怎麼辦。她走到教室前面停下了腳步，把手放在胸口。

　　「各位同學，今天是你們的大好機會，這輩子絕無僅有，所以我希望你們……好好把握，今天會大大影響你們往後的人生。」

　　「哎呀，太誇張了吧。」梅森竊竊私語。

　　每個人面前都有一張方形的小畫布、裝滿顏料的小木盒、三枝畫筆、一枝鉛筆，還有一個小塑膠盤和一瓶水。

　　「洛夫小姐熱心的贊助學校一些美術用品，」法蘭頓太太說，「請小心使用，我們要讓瑪莉卡看見你們有多優秀，以及如果她資助了美術組，學校會多麼謹慎的運用。」

　　坐在我另一邊的艾拉探頭偷看木盒裡的東西，並拿出一管黑色顏料，上面印著著名的「瑪莉卡標誌」。

　　「天哪，這東西一定很貴。」梅森拿出一枝畫筆說，畫筆

邊緣也有瑪莉卡標誌。

「老師！」萊莉說，「如果我們禮貌詢問，妳覺得她會捐更好的東西嗎？」

「對呀，」琵亞也附和著，「美術好無聊。」

「我比較想要她的保時捷！」史賓大喊。大家開始嘰嘰喳喳，翻開顏料盒的聲音在教室裡此起彼落。

「不要把顏料拿出來！」法蘭頓太太大喊，蓋過了吵鬧聲。

有幾枝畫筆被扔到空中，法蘭頓太太到處跑，撿起地上的畫筆。

「不准再丟美術用具了，7A班！」她爬到桌子底下，尖聲大喊，「你們是怎麼回事？瑪莉卡隨時都會過來，她不會喜歡這樣——」

砰！

教室門打開了，瑪莉卡在門口現身。她快速掃視全班，校長泰勒先生紅著臉在她身後徘徊。

法蘭頓太太慢慢從教室前方的桌子底下爬出來，手裡握著一把畫筆。

「是妳……」她望著那位鼎鼎大名的藝術家。

瑪莉卡走進教室，她很高，灰色的寬褲遮住了她的腳，看起來就像用滑的前進。她還穿了一件袖子又長又蓬的白上衣，並把手插在口袋裡。她的眼睛是一種奇怪的紫色，短髮染成了銀灰色，其中一邊剃得很短。她輕輕走過我們旁邊時，我看見

她的耳朵上有個骷髏頭的耳釘，上面鑲了鑽石，在深棕色皮膚的襯托下閃閃發亮。

瑪莉卡站在前面時，大家都安靜了下來，我們都忘了不要盯著她看的規定。她緩緩環視這間靜下來的教室，接著對還站在門口的泰勒先生點點頭，他顯然不確定自己是否該走進教室。

「我⋯⋯嗯⋯⋯這裡就交給妳了嗎，洛夫小姐？嗯⋯⋯對，對，就這樣吧。」他說。他根本是一邊鞠躬，一邊退到走廊的。

瑪莉卡的嘴唇彎起，露出了微笑。

「洛夫小姐，」法蘭頓太太盯著地板說，「我真是太榮幸——」

「謝謝妳，老師，」瑪莉卡用幾乎聽不見的音量打斷她，「接下來就交給我吧，妳要不要去⋯⋯泡杯茶，好好享用呢？」

法蘭頓太太臉色一沉。

「噢⋯⋯如⋯⋯如果可以的話，我非常願意留下來看——」

瑪莉卡閉上眼睛搖搖頭。

「我知道了。」法蘭頓太太說。她望著我們，用手按著嘴唇，彷彿在忍住不哭。

有個穿灰色西裝的年輕人走進教室，他拿著印有瑪莉卡標誌的黑色公事包，從裡面拿出一瓶水，放在瑪莉卡旁邊的桌子

上。他在法蘭頓太太的耳邊低語，接著扶著她的手臂，帶她往門口走去。

「他一定是她的助理。」艾拉小聲的說。

「要乖喔，7A班。」法蘭頓太太被帶出教室時尖聲說，「別讓我失望！」

瑪莉卡手扠腰站在教室前面，她盯著我們看了好久，有人緊張得咳了幾聲。正當我開始想，是不是該做些什麼時，她終於開口說話了。

「藝術，」她大聲說，「藝術……究竟……代表什麼呢？」

我們都挺直身子聽她接下來要說什麼，但她什麼也沒說。艾拉望向我，額頭出現了一些皺紋。每次有老師問問題時艾拉總是第一個舉手，但這次她顯然無法肯定瑪莉卡是不是真的想要答案。

她開始走動，淡紫色的眼睛仔細的端詳我們，一個接一個。同學們偷瞄彼此，觀察接下來會發生什麼事，這時她突然停在狄恩的面前，把手放在他的桌上，靠了過去。

「你，」她微笑著說，「藝術到底是什麼呢？」

狄恩的臉微紅，不安的在座位上扭動。

「嗯，是……嗯，是……嗯……畫作之類的嗎？」他說。

我後面有人用鼻子哼了一聲，瑪莉卡對狄恩眨了眨眼，然後挺直身子，慢慢走到教室前面，接著張開手臂快速轉身，開口說：

「7A班，」她小聲的說，「那就來畫畫吧！」

她站在那裡動也不動，舉著展開的手臂望向每一位同學。大家都沒有動作，我們坐著回望她。最後，琪琪舉手了。

「嗯，我們就……直接開始嗎？」她說。

瑪莉卡點點頭。

「東西都在你們的盒子裡，找個位子，帶著畫布坐下來，觀察一下……就畫吧。」

「就這樣？」萊莉說，「直接畫？」

瑪莉卡對她微笑，閉上眼睛再次點頭。亞契接著舉手。

「可是……要畫什麼呢？」他問。我們都在等待答案，老師平常都會給我們更詳細的指示。

「想畫什麼就畫什麼，這……」她揮著手說，「就由你們決定，藝術就是藝術，任何人都可以創造！」

她環視大家，淡紫色的眼睛帶著光芒，彷彿眼前有著全世界最美麗的畫面，而不是我們無聊的美術大樓。她把手放進褲子口袋，像鯊魚一樣繞著我們走。

「站起來走動一下，找個讓你有感覺的東西，你可以畫椅子在地板上刮出的聲音、從教職員辦公室飄過來的咖啡味，或是光滑桌面摸起來的感覺。」

「咖啡的味道？這要怎麼畫啊？」漢娜垮著一張臉，沒好氣的說。

「她好奇怪。」亞契在我背後悄悄的說。

「我要你們展現自己，我要在畫布上看見你們。」

「什麼？自畫像嗎？」艾瑞問。瑪莉卡皺眉慢慢搖搖頭，我們開始讓她失望了。

「不，不是自畫像，我想透過畫布來感受你這個人。」她說。

艾瑞眨眨眼回望著她，準備開口說些什麼，但又決定放棄。

「給你們一個小時的時間，7A班。」瑪莉卡說，接著看了一眼她的銀色手錶，「三、二、一……開始！」

大家互相張望，前排的幾個女生慢慢拿著畫布和顏料站起來。

「你有看到她的眼睛嗎？」梅森說，「眼睛不可能是淡紫色的，她一定戴了隱形眼鏡。」

艾拉帶著東西走到架子旁邊，盤腿坐在地上，再把畫布放到腿上，開始畫起一桶一桶的畫筆。

「太好了！」瑪莉卡看見艾拉後這樣說，「你們可以改變看東西的視角來畫出想要的畫，可以坐在地上、站在椅子上，甚至爬到桌子上！」

亞契馬上站到他的椅子上，漢娜則是爬到桌子上坐下，就在教室正中間。大家都笑了起來、爬上爬下，有點混亂，但瑪莉卡只是面帶微笑的站在那裡。

「我要去畫外面的車子，」梅森說，「只要幾滴顏料和幾個輪子就可以搞定。」他走向法蘭頓太太的辦公桌，從那裡看停車場最清楚。我在教室裡走來走去，想找個地方畫畫，但最

好的位子都沒了，於是我走到教室後方，靠牆坐在地板上。陽光晒在窗戶上，我轉頭望著外面，天空的顏色好像加勒比海，飛機留下的兩道噴射尾巴在天上交錯，就像一個巨大的吻。

　　我從盒子裡拿出小塑膠盤，這一定是用來調顏料的。我擠了幾公分長的淺藍色顏料和一點點白色，用畫筆畫圓，把它們混在一起。顏料很濃，所以我加了幾滴水壺裡的水，藍色就變淡了，正好跟天空的顏色一樣。我讓筆尖觸碰畫布，開始畫畫。

CHAPTER 5

畫上的手印

　　我隱約聽到同學嘰嘰喳喳的聲音，還有瑪莉卡的鞋跟輕輕叩在木地板上的聲音，但是這堂課大部分的時間，我都畫得很投入。天上的白色噴射尾巴很快就淡去，所以我得回想它們的樣子，一邊用畫筆輕輕點在畫布上。現在除了兩道劃過中間的細細白線，整張畫布都是藍色的。

　　「就這樣？」奈爾看著我的畫說，「真無聊。」

　　「你不能只畫天空吧，」琪琪說，「要畫點別的東西在裡面啊！」

　　我看見瑪莉卡在教室裡走動，對著其他人的作品點頭微笑，這可不妙。

　　我把手伸長，把畫拿得遠遠的並且仔細端詳，這是我上中學以來第一幅像樣的畫作，因為這學期我們大部分的時間都在撕雜誌製作森林拼貼畫。我決定趕快在旁邊畫一棵樹，但就在我把畫放回地上時，我發現畫布兩邊未乾的顏料上，不小心沾到了我的手印，大拇指和手的輪廓清清楚楚。

我把畫給毀了。

我抓起畫筆蘸了一堆藍色顏料，就在我要往手印上塗時，有人大喊：

「住手！」

我瞬間僵住，畫筆懸在空中。我抬頭張望，大家都轉過來看發生了什麼事。瑪莉卡站在窗前直直的盯著我，背後的陽光在她頭上製造出天堂般的金黃色光芒。

「別碰，」她瞪著發亮的雙眼，壓低聲音，「你……你以前……有畫過畫嗎？」

我搖搖頭，一大滴顏料從畫筆上滴下來，掉落在畫布上。我準備抹掉它，但她對我揮了揮手。

「別弄了，這樣就好，把畫筆放下。」

我望向全班，大家都在看。

「你叫什麼名字？」瑪莉卡問。

「柯爾。」我說。

「柯爾？」她複述一遍，並蹲下來仔細看我的畫。她的寬褲擦過畫的一邊，留下了一道藍色的痕跡。那件長褲大概比我媽一個月的薪水還貴。

「對，嗯……柯爾·米勒。」我緊張的吞了吞口水。

「我看得出來，我知道你在做什麼。」她說。

「妳看得出來？」我用沙啞的聲音說，並再次低頭看我的畫，畫布上就是一堆淺藍色顏料和兩個手印，簡直是在浪費時間。我準備好被臭罵一頓，也準備好被大家嘲笑了。

瑪莉卡點點頭。

「這是你，對吧？藍色就是你，你把人生……你的世界，握在手裡。」

我又看了看我的畫，她說的一定是兩邊的手印。

「噢，我只是剛好把它拿起來，不小心……」

「這……這……」瑪莉卡打斷我，並把手放在胸口，「真是不可思議，它在跟我說故事。」

「是嗎？」我說。她點點頭，奈爾在她後面，我看見他的表情，下巴簡直要垂到胸前了。

「這幅畫真的讓我很有感覺，讓我想問好多問題。」

「是喔。」我吞了吞口水。

這時候，瑪莉卡的助理走進教室，她站起來彈了一下手指，助理便快步走過來。

「德倫，這張畫帶上車，我們要帶回藝廊。」

德倫看了這張畫。

「真的嗎？」他皺著眉說。

「真的嗎？」我說。瑪莉卡看著我。

「沒錯，但要先請你簽名。」她指著畫布的左下角。

「我要簽什麼？」我說，我這輩子從來沒有簽過任何東西。瑪莉卡對我微笑。

「你想到什麼就簽什麼。」她說。

我看著畫，用畫筆蘸了深藍色顏料，在角落畫上彎彎的「C」。

「太好了。」瑪莉卡說，依然微笑著，「要不要幫它取個名字呢？」

　　我吞了吞口水，看著畫作。

　　「嗯，〈藍色天空〉？」我緊張的咬牙說，覺得這個名稱爛透了。

　　「太好了。」瑪莉卡又說了一次，一邊對德倫點頭。他彎下腰來用指尖拎起畫布，看起來很常處理未乾的畫作。

　　「小心點，德倫，這張畫非常珍貴。」瑪莉卡在他走向停車場前說。我太驚訝了，我的畫？珍貴？

　　「嗯……接下來會怎麼樣呢？」我說。

　　瑪莉卡把手放到我的肩膀上，在我耳邊悄悄說話。

　　「到時候就知道了，好嗎？」她帶著神祕的微笑說。

討厭的蝴蝶遊戲

放學回到家時，爸正在穿外套準備出門。

「可以請你照顧梅寶一小時嗎，柯爾？你媽下班後要開會，而我得去跟銀行談事情。」

我不敢問他要跟銀行談什麼，既然媽要失業了，我猜應該是跟帳戶裡的錢不夠有關。

「一定要嗎？」我說。我真的不喜歡照顧梅寶，她有時候很有趣，但鬧起脾氣來也很可怕，她失控的時候就真的是徹底失控，而且她每次都想玩同一個遊戲，一玩再玩。那是她的3歲生日禮物，她叫它「蝴蝶遊戲」，但是我覺得很蠢很幼稚。

「我很快就回來。」爸說，一邊穿上外套，「而且媽再過一小時就回來了，在那之前，任何人出現都不要開門。別讓梅寶吃餅乾，也不要讓她獨自一人，好嗎，柯爾？」

梅寶在我旁邊踮腳跳舞，她知道待會可以做什麼。接下來的一小時由我照顧她，那就代表她可以拗到平常爸不會答應的東西。

爸親了親梅寶的頭，也在我躲開之前親了我一下。門一關上，梅寶就抓著我的手，拉我去廚房。

「餅乾，柯爾，餅乾！」

「爸剛才說妳不能吃餅乾，梅寶，妳沒聽到嗎？」我說。她不理我，還拖了一張凳子到高高的櫥櫃前面。為了不讓她拿到，我們都把甜食放在那裡。她爬上去，努力用小小的手指撬開櫃門。我站在她旁邊，準備在她摔倒時接住她。

「梅寶，妳有在聽嗎？爸說不能吃餅乾，妳會被罵。」

放在最前面的是一盒薑餅，梅寶的臉上漸漸出現笑容──就是小丑發現蝙蝠俠上鉤時的那種笑容。

「柯爾看，薑餅！」她說，「是開的，拜託！」

我們都知道她拿不到，要我拿給她才行。我望著梅寶，她的笑臉開始變成生氣的樣子，呼吸也加快了，開始用鼻子大力的吸氣吐氣。如果我不趕快拿餅乾給她，她就會徹底崩潰。

「好吧，」我拿起那包餅乾說，「妳可以吃一點，但不能跟爸說，好嗎？」

梅寶點點頭，手指在袋子裡翻。兩隻手各拿一片餅乾之後，她就從凳子上爬下來。

「蝴蝶遊戲，柯爾！蝴蝶遊戲！」

她跑到樓梯前面，我則是把餅乾放回去，而且是用最慢的速度，不過梅寶很快就跑回來，嘴邊還黏著溼溼的餅乾屑。

「走嘛！」她抓著我的手說。我擰開她黏黏的手。

「妳也該玩膩了吧？」我問。梅寶臉色一沉，眨著黑色的

睫毛看著我。

「不膩。」她說。她嘟著下嘴脣，用力閉緊眼睛。

「那就玩一次，好嗎？」我說，「我這次是說真的喔！」

梅寶露出笑容，轉身衝到玄關、跑上樓梯。

我到梅寶的房間時，她已經把扁掉的紙盒翻倒在地上了。她生日那天拆這個禮物時，我馬上就知道這是在慈善商店買的，因為盒子已經壞了，上面還有貼紙被撕掉的痕跡。梅寶並不在意，我們已經習慣收到二手的東西了。

我盤腿坐在她房間單薄的地毯上。

「幫幫梅寶？」妹妹說。我嘆了一口氣，把網子拼好，她則是玩著藍色小象。那隻小象有長長的塑膠鼻子，身體裡有個風扇，只要往大象的頭頂一按，風扇就會開始運轉，從象鼻噴出很多布做的蝴蝶，這時候你就要用網子盡量把蝴蝶捉起來。就像我說的，這個遊戲很蠢。

梅寶大力按了大象的頭、啟動開關。每次有蝴蝶從象鼻飛出來，她就會說：「又有一隻！」彷彿她是第一次看見這個東西，而不是看了幾百萬次。她跳來跳去，用小網子努力抓蝴蝶，我則是坐在原地，抓住飄到我附近的蝴蝶，還要小心別贏過她。要是贏過梅寶，她也會崩潰。最後，象鼻不再噴出蝴蝶，梅寶就用力打象頭把它關掉，風扇的嗡嗡聲便停下來。她湊過來看看我的網子，再看看自己的網子。

「梅寶贏了！」她大喊，對我露出大大的笑容。

「耶，」我無力的說，「那來看電視吧？」

她搖搖頭，金色的頭髮落到了眼睛前面。

「不要，」她堅定的說，「還要蝴蝶。」

一小時後，也就是又玩了17次之後，我聽到家門打開的聲音。

「媽回來了，梅寶！走吧，我們去找她。」

梅寶看了我一下，然後把網子丟到地上、跑出房間，我終於自由了。我把東西收回壞掉的盒子裡，接著下樓。

「嗨，媽。」我說。她一邊脫鞋一邊微笑。

「嗨，你們在玩啊？」

梅寶手舞足蹈了一下，然後蹦蹦跳跳的往廚房去。

「還好嗎？博物館關閉的事，他們有改變主意嗎？」我問。瑪莉卡的奇怪美術課讓我一時忘記媽快失業的事，但現在見到她，我又想起了這件事，感覺肚子一陣緊繃。

「恐怕沒有，」她坐在樓梯上說，「我們在想辦法為那些展示品找新家，真令人難過。」

她揉揉腳底，看起來非常累。

「真的沒辦法讓它繼續開著嗎？」我說。

「不行，柯爾，這件事已經決定了，不過莎賓博士倒是提出了一個救命方法，她說我們現在該做的就是解開〈油畫祕辛〉，這樣就可以解決我們的問題了！」她假笑了一下，再深吸一口氣。

「〈油畫祕辛〉？」我說，「那是什麼？」

「那是一幅古老的畫，由名叫巴索・華瓊斯的藝術家在

1900年代初期送給博物館，他是當時博物館的主要捐助者之一。那時候掀起了一陣轟動，因為那幅畫夾帶了一個訊息：誰能解開畫作裡的四個線索，就可以找到不可思議的金銀財寶。所以大家都為之瘋狂，想找到藏寶的地方，但沒有人成功。」

「最後一次有人解謎是什麼時候？」我問。媽皺起眉頭。

「噢，肯定是幾十年前的事了，1960年代吧，我猜。問題是沒有人知道該從哪裡找起，連一開始的線索都沒有，所以任何地方都有可能。我覺得這是畫家精心設計的惡作劇，想幫自己的畫作打知名度。」

媽嘆氣後站了起來。

「我要去準備晚餐，」媽握緊我的手臂說，「別煩惱這個了，柯爾。」

那天晚上爸媽都很晚才睡，我可以聽見他們在我房間地板下方喃喃低語。我聽不太清楚他們在說什麼，於是緩緩走到外頭的走廊上。

「銀行說他們沒辦法，」爸說，「我去了求職中心，但沒什麼工作。」

「那我們該怎麼辦，道格？」媽哽咽的說，「我沒辦法再面對沒有暖氣的冬天，這樣對孩子不公平。」

就算我們的熱水器決定好好運轉，吹出來的暖氣也只有微溫。去年冬天有位師傅說整個暖氣線路最好換新，這可會花上好幾千英鎊。

我聽見媽開始哭，還有爸安慰她的聲音。我不想再聽了，

所以躡手躡腳回到房間。

　　我回到床上，躺在下面一點的地方，那裡的彈簧比較沒那麼刺。我閉上眼睛，想著博物館裡那幅可以尋寶的古老畫作，不安的心裡深處似乎有了一點點興奮的感覺。

　　是不是該換人來解〈油畫祕辛〉了呢？說不定，該換我上場了？

CHAPTER 7

尋寶二人組

隔天早上，我在爸敲打熱水器的聲音中醒來。我傳訊息給梅森，要他在上學前先到我家來找我，然後迅速洗了個冷水澡。當水溫冰得讓你都覺得痛時，洗澡速度可是很驚人的。

媽已經去上班了，爸說她接下來幾週會非常忙，因為要為那些藝術品找新家。

早上8：10，門鈴響了，我喊了「再見」之後就跑到門外；梅森晚到了，我們得走快一點。

「抱歉，我睡過頭了。」他在我們上路時說，「我爸半夜才從東京回來，我熬夜等他，他也很累，所以沒聊什麼。」

我瞥了梅森一眼，但他只是低頭、盯著人行道。

「他送我這個，你看！」梅森拉起外套袖子，露出黑得發亮的手錶。他輕敲錶面，手錶馬上發出藍色的霓虹光。

「好酷喔，」我說，「但你不是已經有一隻手錶了嗎？」

「是啊……但這隻的款式比較新。」他把袖子拉下來說。我看了一下自己的手腕，我沒穿外套，制服毛衣的袖口也磨破

了。雖然天氣很冷，我還是馬上捲起袖子，遮住破掉的地方。梅森看著我。

「我有幾件穿不下的毛衣，你要嗎？」他說，「我可以回去看看有沒有被我媽丟掉。」

「不用了，別在意這個。」我說。

「小事啦，」梅森說，「我可以明天帶來。」

我的臉開始發燙。

「不用。」我厲聲說，並別過頭去。梅森沒有再說話，我們安靜的走了一陣子，轉彎踏上學校前面那條路。

「嘿，梅森。」我說，「你上次去博物館是什麼時候啊？」

「你媽上班的地方嗎？」梅森說。我心想：也做不了多久了。「我們小學去過之後就沒去了，大概6年前吧，怎麼了？」

「博物館要關了，我媽快要沒工作了。」

梅森皺起眉頭說：「噢不，真糟，我很遺憾，柯爾。」

我聳聳肩，「我知道，不過我有個想法，你記得那裡有一幅古老的畫嗎？有謎團要解的那幅？」

梅森想了一下。

「不記得，我只記得木乃伊和紀念品店。」他說，「我買了一個發光的溜溜球。」

「我媽昨天跟我說有這幅畫，就像尋寶遊戲，最後會有獎賞。」

梅森皺起眉頭。

「沒有人解開嗎？」他說。

「沒有，很多人試過，」我說，「但現在已經沒有人記得了。」

梅森笑了出來，「這應該是有原因的，說不定根本解不開呀？」

「也可能不是這樣啊。」我笑著說。

梅森輕輕哼了一下，「好吧，那這幅畫叫什麼名字？」

「〈油畫祕辛〉，」我說，「我打算解開這個謎團。」

「哈！大偵探。」他嘲笑說，但他看見我的表情之後就不再笑了，「你是認真的嗎？」他問，我們正穿過校門、踏上運動場。

我點點頭，「當然啊，而且你要幫我。」

「我要幫你？」他說，「為什麼你覺得我們解得開？」

我們身後傳來一聲巨響。

「哇，小心點，莫札特！」奈爾大聲說。

「抱歉！」

是艾拉，她好像不小心撞到奈爾了。她一個肩膀背著書包，另一個肩膀掛著裝體育服的包包，雙手抱著大提琴。她走過來時，大提琴往下滑了，所以她得壓低身子，以免大提琴掉到地上。

「琴盒的提把壞了，」她說，「有時候我真希望我的樂器是短笛，而不是這個笨重的東西！」她開始笑，但聲音聽起來

不太高興。梅森看著她，我露出笑容。我們平常不太會找她一起混，她也馬上低頭快步離開了。

梅森轉過頭來，「她真奇怪。總之，那幅畫……」

「總有人會解開的，為什麼不由我們來解呢？」我說，「我必須找到寶藏，梅森，我必須幫我爸媽。」

CHAPTER 8

博物館裡的寶藏

　　放學後我們走去博物館，我這才第一次發覺它有多麼雄偉。這棟維多利亞式的老建築由紅色磚頭砌成，還有長型的白色窗戶，每扇窗戶下方的磚牆都刻了垂墜的花環，這些我以前都沒注意過。入口兩側各有一盞圓形燈柱，在昏暗的天色裡迎接訪客。

　　「你看，」梅森指著入口處的一張海報說。

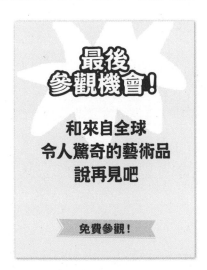

最後
參觀機會！

和來自全球
令人驚奇的藝術品
說再見吧

免費參觀！

我們走上階梯後進入門廳，旁邊有個接待櫃檯，可是沒有人在，所以我們就穿過一道木雕門，來到博物館大廳。梅森驚呼了一聲。

　　「哇　！」他說。

　　這裡有好多玻璃櫃，裡面有各種野生動物標本，應有盡有：獅子、鱷魚、水獺、袋熊、水牛、狐狸、兔子，甚至還有一隻長頸鹿裝在像屋頂那麼高的櫃子裡。我記得媽說過，「標本動物」或「動物標本剝製術」在英國維多利亞時代非常流行，那時候的人並不覺得這樣很殘忍。她說有人爭論過是否該銷毀這些展示品，但最後決定把它們留下來當作歷史和科學資產，因為有些做成標本的動物已經絕種了。

　　我想起上次來參觀時聞到的味道——髒髒的霉味，會讓你的鼻子發癢。

　　「這個我記得！」梅森停在被弄得太鼓的犀牛標本前面，「前幾年有小偷闖進來鋸掉它的角，他們從天窗下來，還上報了。」

　　犀牛角被偷的事情我也有印象，我讀了它的解說牌，犀牛角顯然價格不菲，那些小偷精明得很。文章說這隻犀牛叫「蘿絲」，當時博物館的人用塑膠牛角來替代它被偷走的角。

　　博物館真棒，為什麼我這麼久沒有來呢？現在已經太晚了，這些收藏品都要分批賣出，美麗的老建築大概也會變成豪華公寓。

　　「我沒有看到那幅名畫。」梅森說，一邊四處張望。

「我們上樓吧，看能不能找到我媽或莎賓博士。」我說，
「不過千萬別說我們要解開〈油畫祕辛〉，我想製造驚喜。」

　　樓上的展覽區都是鳥類標本，玻璃櫃裡有好多好多隻。我
們站在一個大櫃子前，裡面的海鳥都停在石頭上，看起來好像
在遙望大海，旁邊的地板上有個播放海浪聲和海鷗叫聲的小擴
音器，我盯著一隻有黃色眼睛和凶猛鳥嘴的大海鷗。

　　「啊，柯爾！」有個聲音說，「真高興見到你。」

　　莎賓博士拿著一個大紙箱走過來，我好幾年沒見到她了。
我準備聽她說我怎麼長這麼大了，但她只是笑著。我喜歡莎賓
博士。

　　「你媽媽在辦公室，要我幫你叫她嗎？」她問，一邊把箱
子放在桌上。

　　我搖搖頭。

　　「不用了，我跟梅森想說來這裡看看，」我說，「媽告訴
我博物館要關了，我很遺憾。」

　　「我也很遺憾。」梅森說。

　　莎賓博士嘆了氣，「謝謝你們，我們真的盡力了。大家好
像對博物館沒興趣了，至少這個小鎮如此。」

　　我跟梅森都有點不安，因為我們就是其中之一。

　　莎賓博士翻開紙箱，裡面都是古老的書。

　　「這些都屬於博物館嗎？」我說。

　　「不，這是我平常查資料用的書。」莎賓博士說，「我不
能把這些留下來，不然就好像拋棄了我的朋友。」她拿起一本

書，輕輕撫著書皮。

「你們知道這間博物館以前很有名嗎？」她問，「我們還曾經登上各大報紙的頭版。」她把書放回去後開始翻找箱子底部，拿出一份因為歲月而泛黃的舊報紙，看起來很容易破。頭版有一張圖畫，畫的是博物館這棟建築，標題寫著：

博物館神祕畫作謎團待解

我聽到梅森驚呼。

「這就是有謎題的那幅畫嗎？」我問，「媽有跟我提過。」

莎賓博士露出微笑，「沒錯，就是〈油畫祕辛〉，當時的館長很聰明，宣傳了這幅畫的神祕訊息，所以全國各地的人都一頭熱的來這裡解謎，這大概就是維多利亞時期的『爆紅』現象吧。」

「『祕辛』是什麼意思啊？」梅森問。

「祕辛就是很神祕或讓人想不通的事情。」她說，「你看，就是這位藝術家。」

報導旁邊有一張照片，是個留著大鬍子的男人。梅森大聲唸出其中一段：

「有關這幅〈油畫祕辛〉，54歲的藝術家巴索・華瓊斯表示：『只要在我的畫裡找到四條線索，就可以獲得金銀財寶。』而究竟是什麼樣的金銀財寶，外界有許多猜測，華瓊斯

已經證實，獎賞『十分豐厚』。」

梅森抬頭，眼睛瞪得大大的。

「沒有人成功嗎？」我問，「沒有人解開畫的線索，找到寶藏嗎？」

「沒有。」莎賓博士說，一邊摺起報紙，把它放在書堆上，「這件事紅了幾個月，很多人都試了，但後來畫作的謎題就慢慢被遺忘了。」她把紙箱開口蓋好，撕起棕色封箱膠帶的尾端。

「那畫在哪裡呢？」梅森說。

「在樓下的門廳，你們一定是在上來時錯過了。」她說。

我若無其事的點點頭，梅森的動作變得有點刻意。

「糟糕，這麼晚啦？」他看著他高級的手錶說，「我們該回去了，柯爾。」

他用頭往出口方向點了一下，我用力瞪著他，他真的太刻意了。

「謝謝妳，莎賓博士。」我說，一邊跟梅森慢慢離開。我們走向通往門廳的主樓梯，從鋪了地毯的階梯下去。

「有豐厚的獎賞耶！你有聽到嗎？」我跟梅森說。我就知道這個想法很棒，那麼豐厚的獎賞肯定可以徹底改變我家！

我們在門廳四處張望。

「這裡！」梅森指著一面牆說。我站定並抬頭看，入口上方掛了一幅很大的油畫，精美雕刻的金屬棕畫框以前一定曾經金光閃閃。那幅畫的一邊有一小片樹林，前方有一條小河，落

葉飄浮在水面上。一個時髦的男人站在右邊，他有著一頭蓬亂的棕髮，嘴上有一抹大鬍子，他穿戴著老式的西裝和領帶，領口上別了一束奇怪的鮮豔羽毛。他的黑眼睛從畫裡往外望，還帶著一點愉悅的笑容。我想起自己那張被瑪莉卡放在倫敦藝廊裡的畫，我當時很快就畫完了，而這個畫家就算沒花上幾年的時間，也一定畫了好幾個月，這幅畫真大。

「他是誰呀？」梅森說。

「應該是那個藝術家，巴索．華瓊斯。」我說，「他長得就像報紙上的那個人。」

我望著他畫裡的身影，想像他在說：「你覺得自己可以解開我的謎題是吧，柯爾？放馬過來，讓我看看你的本領……」

「我來拍照。」梅森說，一邊從書包裡拿出手機。他從不同角度拍了三張照片後傳給我，我聽見我的手機發出聲響。

我們繼續站在那裡看畫，梅森轉過頭來。

「接下來呢？」他說。

我聳聳肩。

「我們不清楚到底要找什麼吧？」梅森說，「難怪沒有人成功解謎，要從哪裡開始呢？」

我繼續盯著畫裡的人，梅森說得對，我們要找什麼呢？

梅森看著手機裡的畫，用指尖放大畫面，一邊嘆氣。

「等等，」他說，「草堆裡有東西。」

他把手機拿給我看，有兩隻棕色的耳朵從樹下的草叢伸出來。

「這是什麼？」我說，一邊放大畫面。我抬起頭、瞇眼看著牆上的畫，可是畫又暗又模糊，很難從這裡看清楚，手機上的清楚多了。

「可能是某種狗，但耳朵太大了，」梅森說，「看起來像狼！」

他把手機遞給我，他說得沒錯！看起來有點像生日派對時那部卡通裡的土狼。

我們相視而笑，「然後呢？」我說。

梅森皺起眉頭，「巴索說線索就藏在畫裡，而這隻狼躲在草叢裡，所以這可能就是第一個線索！想一想，有什麼跟狼有關的呢？」

「嗯……小紅帽與大野狼？」我說，「狼嚎？滿月？」

「那是狼人啦！」梅森笑著說。

我試著想還有什麼，但想不出來。

「等等，博物館的自然歷史區可能就有狼的標本，」梅森說，「畫裡的線索會不會是要我們去找找其他地方呢？」

「有可能……」我一邊思考他的話一邊說，「反正也沒什麼損失，我們就去看看吧！」

我們轉身走回有很多標本動物的展示廳，梅森走得比較快，跑到了盡頭。

「你看！說不定就是這個！」他大聲說。我走到他旁邊，這裡有四隻狼站在人造灌木叢旁邊，又黑又亮的眼睛望向空中。

我們在這裡到處看，但沒有什麼發現。

「一定有什麼線索。」我說，「再讓我看一下照片。」

梅森把手機遞給我。

「我覺得不是狼，」我說，「看起來跟這些不像。」

「哈囉，柯爾。嗨，梅森。」是媽，她從標示著「此門不開放」的那扇門走過來，還拿著一大疊文件，「莎賓博士說你們來了。」

「嗨，媽。」我說。

「都還好嗎？」她說，「你們好久沒來了。」

「米勒太太，我們想找像這樣的動物，妳知道在哪裡嗎？」梅森說，並把放大的照片拿給她看。

媽邊看邊皺眉。

「嗯，這肯定不是狼，耳朵太大了，」她說，「我覺得比較像『胡狼』。」

梅森露出笑容，「太好了！」他說，一邊東張西望，「那胡狼的標本在哪裡呢？」

媽把那疊沉重的文件靠在腰的另一側。

「這裡沒有胡狼的標本，」她說，「問這些要做什麼？」

「噢，我們在做學校作業。」梅森說，「我們需要這個資料做……研究。這裡還有跟胡狼有關的東西嗎？」

她想了一下。

「你是說像『卡諾卜罈』嗎？」她說。我記得小學教古埃及的時候，曾經講過「卡諾卜罈」，我們還用黏土做過這種罐

子。

「『卡諾卜罈』是什麼？」梅森說。

「製作木乃伊的時候，身體裡重要的內臟會被放進卡諾卜罈，總共有四個，分別裝胃、腸子、肺和肝。上面有胡狼頭的罐子代表『多姆泰夫神』，胃就是裝在這個罐子裡。」媽說。我對她微笑，懂這種東西真的很酷。

「呃，真噁心。」梅森說。

媽開始往門廳走去。

「好了，我還有很多文件要處理，這裡也差不多要閉館了，你們最好趕快回家。」

「這裡有卡諾卜罈嗎？」我趕緊跟上去問。

媽推開沉重的門，把文件大力放在辦公桌上。

「有，在埃及展區。」她說。

我整個人興奮了起來，太棒了！我們只要找到有胡狼頭的罐子，看看裡面有什麼就行了。

「走吧，我們去看看！」梅森說。

「等等，」媽說，「我剛說了，我們要閉館了，你們改天再來吧。」

媽看起來被我們弄得很煩，但我知道這是因為她壓力很大，她也不知道我們在想辦法幫她。

「五分鐘就好，拜託？」我央求她。媽走到牆邊關燈，這裡馬上暗了下來。

「回家，柯爾，別討價還價。」她說，「我把這堆弄完就

回家，晚點見。」

她走進「此門不開放」的那扇門後，我們也往發亮的綠色出口標示走去。在黑暗中經過死掉的動物旁邊讓我不寒而慄。

「梅森，」我輕聲說，並停下來看一隻張著大嘴的老虎，「你覺得巴索的寶藏在博物館裡嗎？」

梅森聳聳肩，「誰知道呢？我想他應該不覺得有人能解開謎團吧。我們明天再來找胡狼罐，看看有沒有什麼東西。」

我望著老虎的牙齒，還有牠肩膀上起伏的肌肉。牠蹲伏在地，感覺正準備猛撲。

「不，」我說，「不能再等了，我要趕快找到寶藏，我們現在就去。小聲一點，別被我媽發現。」

當我們走到門廳時，我抬頭看了那位從油畫裡往下望的畫家。他的眼睛在黑暗中閃爍，我感覺他的鬍子動了一下。我們偷偷走上通往埃及展區的樓梯，我忍不住發抖，感覺巴索・華瓊斯正在看我們。

CHAPTER 9

卡諾卜罈裡的紙條

「你覺得這裡有鬼嗎？」梅森悄悄的說。我們走在博物館最高的展區裡，往下看就是自然歷史展覽區。我看見那隻大長頸鹿的影子，牠的頭好像快要碰到我們了。

「一定有。」我說，「我覺得巴索·華瓊斯的鬼魂就躲在我們後面，你不覺得嗎？我們要解開謎團說不定讓他很生氣。」

梅森緊張的笑了一下。這裡幾近全黑，但前方的門底下透出了一絲絲光線，我們穿過這道門，進入另一條走廊，經過鐵器時代的展示區，又穿過幾道門，來到一片寂靜的博物館後方。我們轉了一個彎，不過遇到了死路，盡頭的玻璃櫃裡有一艘巨大的模型船。

「你看！」梅森指著通往埃及展區的牌子說。我們在走廊上加快腳步，但又突然停下來，因為前方有個人影。

「是莎賓博士。」我悄悄的說。我們看著她轉身走進埃及展區的門。

「就這樣吧，」梅森說，「我們得明天再來了。」

這時，手機聲響起，莎賓博士又從門裡走了出來。

「我是莎賓博士，」她說，「對、對……稍等一下，我這裡訊號不太好。」她從走廊離開後進入一道門，門在她身後輕輕關上。

「來吧！」我拉著梅森的手臂說。我們跑進埃及展區，被市集的喧鬧聲嚇了一跳，一定是我們的動作啟動了某個展區音效。我們經過幾個擺滿古老工具的櫃子，有個記錄用的板夾和一串鑰匙放在其中一個櫃子上，應該是莎賓博士的。

「我們最好快一點。」梅森說，一邊檢查其他櫃子，「你看！在這裡！」我趕緊過去，櫃子裡面有四個沾滿灰塵的卡諾卜罈，分別有著老鷹頭、狒狒頭、人頭和胡狼頭。

「就是這個！」我說，「它跟畫裡的一模一樣！」我讀了罐子下面的白色解說牌。

「『多姆泰夫的胡狼頭罐是胃的守護者。』我們要怎麼做才能檢查罐子裡面呢？」我說。

「不知道能不能打開櫃子。」梅森說，一邊檢查櫃子的正面。

我跪下來檢查後面，發現有個銀色的小把手，上面有鑰匙孔。

「我們需要鑰匙！」我爬出來說，接著跑到莎賓博士的鑰匙串前面，「這裡有好幾百支吧！」我在裡面翻找，梅森一把搶去。

「這支！」他說。他拎起一支小鑰匙，上面有個凸出來的「5」，然後指指櫃子角落銀色的五號標籤，我剛才都沒有發現。

「萬一警報響了怎麼辦？」我說，「說不定有連線到警察局。」

「如果警報響了，我們就趕快看罐子裡有什麼，然後鎖上櫃子，把鑰匙丟回去，說你不小心推了一下櫃子之類的。」

我正想抗議為什麼是我推櫃子時，梅森已經趴在地上，爬到櫃子後面開鎖了。他慢慢掀開櫃子側面，我們大眼瞪小眼，等待警鈴大作，但什麼事也沒有。

「拿罐子！」我說，「莎賓博士快回來了！」

「要是裡面還有死人的內臟怎麼辦？」他跪在櫃子旁邊說。

「不可能啦！」我說，「哎，還是我來吧。」

梅森退到旁邊，我把手伸向罐子。

「等等！」梅森用氣音大喊，我瞬間僵住，「你應該要戴手套吧？」

我怒瞪他一眼。

「沒時間了啦！」說完我就往前抓起罐子。我以為罐子很光滑，沒想到它的表面很粗糙。我把它拿到胸前，慢慢打開胡狼頭蓋子，很怕就像梅森說的那樣，裡面有一堆古老的內臟。我把罐子對著光，跟梅森一起往裡面看。

是空的。

我把它倒過來，有個小紙卷掉到了地上，這時莎賓博士的說話聲愈來愈大，她走過來了。

　　「快點！」梅森說。我急忙蓋上蓋子，把罐子放回去。梅森關上玻璃門，鎖好銀色把手後將鑰匙丟回莎賓博士的板夾上，我也撿起紙卷、放進口袋，接著跟他一起跳到一座木棺後面。我們站在那裡不敢動，也不敢發出聲音，聽著莎賓博士拿起鑰匙和板夾，走到展示間的角落。

　　梅森抓住我的手臂，我們便躡手躡腳的走到門邊，趁她不注意時溜了出去。我們一踏上走廊就開始跑，下了鋪著地毯的樓梯回到門廳。

　　這裡比較亮，我眨眨眼睛適應光線，接著拿出口袋裡的小紙卷。

　　「上面寫什麼？」梅森說。我小心的把紙攤開，上面有黯淡的墨水筆跡。

　　「看看我的腳邊。」我唸道。

　　「他的腳？」梅森說，於是我們又抬頭看那幅畫。巴索‧華瓊斯站在河邊的草地上，他的腳邊除了一小塊石頭之外就沒有東西了。

　　「我不懂，」梅森說，「沒東西啊，只有那塊石頭，這是什麼意思？」

　　我拿出手機，找到我們第一次看畫時梅森拍的那張照片，再把巴索的腳邊放大，尋找漏掉的線索，但什麼都沒有。

　　「真不敢相信，我們找到了第二條線索，現在又卡住

了。」我說。

　　我的手機發出訊息聲，爸告訴我再20分鐘就可以吃晚餐了。

　　「我該走了。」我嘆氣說，「明天早上再決定該怎麼辦吧。」

　　「好。」梅森說，「至少已經解開一個線索了，對吧？這已經贏過所有人了！」

　　他說得對，但我總覺得巴索·華瓊斯還是領先我們一步。

CHAPTER 10

資優生艾拉

回家時，爸正在爐子上攪拌波隆那肉醬，梅寶坐在我們小小的餐桌前，拿蠟筆在舊報紙上亂畫。熱水器在牆上發出聲響，爸敲了它一下，它便不再抖動，開始發出低沉的隆隆聲。

「噢，梅寶，別弄到地上！」爸嘆氣說。梅寶讓蠟筆一枝又一枝的滾到地上，我彎腰跟爸一起撿蠟筆，但我們一把蠟筆放回桌上，妹妹又讓它們滾到地上。

「梅寶！不要再弄了！」爸大吼。梅寶的下脣出現了崩潰前的顫抖，接著開始大哭。

「柯爾，你可以帶她到客廳、開電視給她看，讓我好好準備晚餐嗎？」爸在哭鬧聲中大聲說。爐子發出滋滋聲，爸趕緊跳過去把一鍋滾水的火關小。

「來吧，梅寶，」我抱起她說，「我們去看有沒有什麼節目好看。」

梅寶不哭了，還用我的肩膀擦鼻子，這下好了，我唯一的制服毛衣沾上了鼻涕。我帶她到客廳，把她放在沙發上後打開

電視，讓她看一堆蔬菜在菜園裡說話的卡通，梅寶盯著電視看。

門口發出聲響，媽下班回來了，於是我走到玄關。爸拿著一封用紅字寫著「最後通知」的信，媽打開來看，接著她緊閉雙眼，爸搓了搓她的手臂。

「噢，柯爾，」當她看到我後說，「我剛才沒看到你。」她馬上把信摺好，於是爸拿著信回到廚房。

「那是什麼？」我問。

「只是帳單，」她說，「沒什麼好擔心的。」但我看得出來，那個東西肯定很讓人擔心。

晚餐時爸媽都很沉默，所以我就說了瑪莉卡來學校的事情，想讓他們開心一點，我還沒有跟他們說過這件事。

「每個人都要畫一張畫，她說我畫得很棒，她已經把畫帶回倫敦的藝廊了！」我說。

「真不錯。」媽說，但我知道她沒認真聽。爸起身敲了敲熱水器，因為它又在抖動了。

「她在全世界都有房子，還有專屬的私人助理呢！」我繼續說，「就是他把我的畫拿回藝廊的。」

媽把盤子上的食物刮過來又刮過去。

「抱歉，親愛的，我不太餓。」她跟爸說，「我先去洗碗。」

爸大概也不餓，因為他過去幫她了。

「柯爾，」我妹說，她的下巴沾滿波隆那肉醬，「梅寶可

以看你的畫嗎？」

　　總算有人認真聽我說話。

　　「恐怕不行，梅寶，」我說，「我剛才說了，畫已經被瑪莉卡帶去倫敦的藝廊了。」

　　梅寶對我皺起眉頭。

　　「為什麼？」她說。

　　我用叉子捲起義大利麵。

　　「她應該很喜歡那張畫吧，」我說，「我不覺得畫得很好，但她好像很感動，而且她應該是認真的……」

　　吃完後，我看著媽把她的晚餐倒進垃圾桶，她的模樣讓人好不忍心，要是我可以解開〈油畫祕辛〉來幫她就好了。

　　我想起胡狼頭的罐子和那張小紙條。

　　「看看我的腳邊，」我小聲的喃喃自語，「是什麼意思呢？」

　　我毫無頭緒，有梅森一起解謎實在太棒了，但我感覺還需要再找人幫忙。

　　隔天到了班上，雷頓和奈爾在等我。

　　「窮小孩柯爾來嘍！」雷頓說，「還在穿小學的外套啊？」

　　他說得沒錯，這件外套又破又小，我把它脫掉、揉成一團。我討厭這件外套，但我也只有這件外套。我穿著毛衣站在那裡，想起肩膀上有梅寶擦鼻子留下的鼻涕痕，所以我趕緊擦一擦。

「等瑪莉卡把他的畫賣掉，他就可以拿好幾百萬去買外套了！」奈爾說，「那張畫叫什麼來著？〈藍色天空〉？我看是〈大便天空〉吧！」

「她把畫帶回去應該是要告誡大家別畫這種畫吧，你要不要抽點佣金啊，柯爾？」雷頓說。

他們兩個哈哈大笑，我則是沉重的頹坐下來。現在，解開畫作的謎團、找到寶藏變得更重要了，到時候奈爾和雷頓就不能再取笑我家很窮了，他們會就此閉嘴。

梅森坐到我旁邊的位子上，我馬上轉向他。

「你知道有好幾百人想解開〈油畫祕辛〉，結果都失敗了嗎？」我問，他接著點頭。

「我覺得我們需要幫忙，」我說，「光靠自己是解不開的，我們要找一個超級聰明的人。」

「是啊，我想你說得對，」梅森說，「但要找誰呢？」

這時，有人從教室門口乒乒乓乓的走了進來。艾拉的大提琴大力撞了坎寧小姐的桌子一下，她抬起頭看。

「艾拉，不能把樂器放在音樂教室嗎？」我們的導師說，「教室已經很擠了。」

艾拉露出沒好氣的眼神。

「音樂教室有別的活動，所以諾里斯先生要我帶著它，抱歉。」

「好吧，沒關係。」坎寧小姐說，「有封信要請妳交給爸爸媽媽，年級主任想用正式信件通知，因為妳今年每一科的表

現都很優秀，我們很高興。妳很棒，艾拉。」

艾拉的脖子變成了粉紅色，一路延伸到臉頰，彷彿有杯草莓奶昔從她的頭灌了下去。她從坎寧小姐手中接過那封信，夾在腋下回到座位，途中她的大提琴又撞到了幾張桌子。

梅森看著我，挑了挑眉毛。

「我們找到幫手了，對吧？」他悄悄的說。我露出笑容，看著艾拉坐到位子上。我們很少跟艾拉說話，不過其實大家都很少，雖然她經常出現，但你不會去注意到她，除非被她的大提琴撞到。大家都知道她是全年級最聰明的學生，聽說她爸媽把她逼得很緊，但我不曉得這是不是真的。

我們決定在午餐時找她聊聊，我們發現她一個人坐在語文大樓後面的長椅上，黑色的琴盒從她身後凸了出來。

「什麼事？」她說，一邊用懷疑的眼神看著站在長椅旁邊的我們。她打開起司三明治，小口小口咬起吐司邊，等我們開口。我坐下來。

「抱歉打擾妳，艾拉。」我說，「但我們有個謎題要解，不知道妳願不願意幫忙？」

艾拉眨眨眼睛。

「什麼謎題啊？」她說。她的眼神快速跳向梅森，接著又回到我身上。

「博物館有一幅畫叫做〈油畫祕辛〉，裡面有藏寶的線索。」

她輕笑了一下。

「妳知道這幅畫嗎？」梅森說，並坐到她的另一邊。

「當然，大家都知道吧？」她說，接著從包包拿出蘋果汁，用小吸管在頂端戳洞後吸了起來。

「我跟梅森要解開謎團。」我說。我們等她喝完飲料，當她把最後幾滴果汁擠進吸管的時候，果汁盒發出了噗噗聲。她呼了一小口氣，把壓扁的紙盒丟進餐盒。

「你們要怎麼解？一百多年來都沒有人成功過。」她拿起三明治繼續吃。

「不知道，但我們會試試看。」我說。

她咯咯笑了起來。

「什麼事情這麼好笑？」梅森問。

「我無意冒犯，但我覺得你們機會不大。」她吃完最後一口三明治，接著拿出巧克力餅乾，她這樣真的很討人厭。

「如果有妳幫忙，我們就更有機會。」梅森說，「妳是我們認識的人當中最聰明的。」他對她笑，她也用笑容回應，但很快又低頭看著自己的大腿。

「你們有什麼進展？」她又抬起頭說。

梅森在位子上顯得有點不安，「嗯，我看到有隻胡狼躲在草叢裡，」他說，「柯爾說那是『狼』，但我一口咬定那是『胡狼』。」

「什麼？」我不高興的瞪著他說。在艾拉笑出來時，梅森對我咧嘴一笑。

「總之呢，」梅森說，「這讓我們找到了埃及展區的卡諾

卜鐔。」

艾拉瞪大了眼睛。

「太好了！」她說，「多姆泰夫，胃的守護神。」

「沒錯，就是那個。」梅森說，「我們看了罐子裡面，然後——」

「等等，」艾拉說，「你們拿了展示品？」

「柯爾拿的！」梅森趕緊說，艾拉看了我一眼。

「嗯……對……但這不重要，重要的是我們找到了新的指示，」我說，「就在罐子裡面。」

艾拉看著我，「是什麼？」她說。

「上面寫『看看我的腳邊』。」梅森用誇張的口吻說。

「然後我們又回去看那幅畫，可是他腳邊什麼都沒有，只有一塊石頭。」我說，「放學後妳可以到博物館，看能不能找到什麼嗎？畢竟妳這麼聰明。」

艾拉沒有笑，她似乎覺得我不像梅森那麼有趣。她吃完巧克力餅乾後便把垃圾都裝進餐盒。

「好吧，」她說，「但你們要等我練完大提琴。」

「太棒了！」梅森說。

「真是太好了，謝了，艾拉。」我說。

她把塑膠餐盒放進書包，接著將書包甩上肩膀、走到長椅後拿大提琴。

「妳……嗯……需要幫忙嗎？」梅森說。我發現他說話時臉有點紅。

艾拉茫然的看著他。

「不用了，謝謝。」她說。午餐結束的鈴聲響起，巨大的
黑色琴盒在她轉身時撞到了長椅的一端。

我們三個真的有辦法解開祕辛嗎？我不太確定。

CHAPTER 11

祕密就在腳下

「要等多久啊？」梅森問，然後看了第六次手錶，「也許我們該去看她是不是還在音樂教室。」

我坐在長椅上，試著把壞掉的外套拉鍊弄好。這件外套不僅太小，現在連拉鍊也脫落了，我弄不回去。

「她會來的，」我說，「放輕鬆。」

拉鍊移動了一點，接著又完全卡死。

「你想要的話，我有一件多的外套可以給你。」梅森說，「我很少穿。」

可以想像梅森有一堆外套，整週下來他可以一天換一件。

「沒關係，這件沒問題。」我扯著拉鍊說。

「可是它就是有問題啊，」梅森說，「這件已經太小了，拉鍊也爆開，而且還很薄，你一定凍僵了。」

我不高興的看著他。

「我說了，沒問題。」我把外套裹緊，不再試著修好拉鍊。

「她來了！」梅森在艾拉走出校門時說。她看起來不太一樣，我花了一點時間才弄清楚哪裡不對——她沒有帶大提琴。她看起來輕盈多了，走路時腳步彷彿在彈跳著。

「嗨！」她害羞的笑著說，「準備要走了嗎？」

「再次謝謝妳，艾拉。」我說，我們開始前進，「我們都很感激。」

「別客氣，」她說，「這樣我就有拉琴以外的事情可做了！為什麼你會想要解開謎團呢？那幅畫放在博物館已經好久了，為什麼你現在才開始好奇？」

梅森沒有說話。我想了一下，決定跟她說實話。

「我媽快沒工作了，」我說，「如果可以找到寶藏，我們家就不用再擔心錢的問題了。」

艾拉沒有笑或說些讓我難堪的話，只是點點頭。我想大家應該都知道「窮小孩柯爾」沒什麼錢。

「我答應幫他，也是因為我特別聰明。」梅森說。艾拉笑了出來。

「等我們找到寶藏，我們三個人分，好嗎？」我說。

艾拉搖搖頭。

「不行，這件事是你想到的，獎賞應該歸你。」她說。

她是不是也同情我呢？我覺得有點自卑，但不想去理會這種感覺。再過幾週博物館就要關閉了，我絕對不能因為任何原因退縮。

抵達博物館門廳時，我們轉身看著入口上方的畫作。

「天哪，真是太驚人了，」艾拉說，「胡狼在哪裡？」

「那裡。」梅森指著高高的草叢說。

「然後目前有的線索是『看看我的腳邊』。」艾拉自言自語後瞇眼望著巴索‧華瓊斯的身影，我們看著她走來走去。

「他腳邊的確有石頭，但是除此之外就沒有東西了。」我心頭一沉，我真的很希望她可以找到什麼。她往樓梯走去，爬到一半之後轉過身來。

「現在怎麼辦？」梅森說。

「不知道。」我不安的說，「就這樣吧，我們盡力了，找不到的。」我真是個笨蛋，還以為會有什麼大發現，好事向來不會發生在我身上。

艾拉走下樓梯，抬頭看畫之後又爬上樓梯。

「她在做什麼啊？」梅森悄悄的說。

「不知道。」我說，一邊看著她一步一步的往右跨。她突然轉過來，對我們露出大大的笑容。

「你們聽過『小霍爾班的骷髏頭』嗎？」她說。

「骷髏頭？」梅森說。

「對，有個德國畫家叫小霍爾班*，他有一幅畫，畫了站在櫃子前面的兩個男人。」

「聽起來還真有趣。」梅森說。

「重點是，那幅畫有個祕密，他們的正前方有個白色的東西，從畫的正面看不出來是什麼，但如果你從某個角度看過去，那個奇怪的東西就顯現出來了，是人的頭骨。」

「哇！」我說。

「非常厲害，」艾拉說，「我覺得巴索‧華瓊斯的畫也是這樣。上來吧，我跟你們說。」

我和梅森走過去，跟她站在一起。

「現在看巴索的腳邊。」她說，「你們看到什麼？」

「石頭。」梅森說。艾拉點點頭。

「很好，往右走幾步再看看，有什麼？」

我跟梅森在階梯上一步一步走，再看看畫，石頭變得不一樣了，從正面看起來像陰影和線條的東西，現在變成了乘風破浪的帆船。

「是船！」我大聲說。

「沒錯！」艾拉說，她接著跑下樓梯，從櫃檯拿了三份導覽手冊。

「拿著，」她跑回來說，「看看博物館裡有沒有船或軍艦相關的歷史。」

梅森翻到樓層圖那頁，艾拉也在看自己的手冊。

「我沒看到。」梅森說。我不需要看，因為媽從來沒講過軍艦相關的歷史。艾拉摺好手冊，來回踱步。

「會不會其實不是展覽品呢？說不定是大家都會經過但不會去注意的東西？」她說。

---

* 小霍爾班（Hans Holbein der Jüngere, 1497－1543）是德國畫家，擅長油畫與版畫。故事中提到的「小霍爾班的骷髏頭」是指小霍爾班為法國駐英外交官瓊‧德‧丹特維勒（Jean de Dinteville）以及主教喬治‧德‧賽爾弗（Georges de Selve）所繪製的油畫〈使節〉（*The Ambassadors*）。

我倒抽一口氣，他們都看了過來。

「梅森，你記得我們去埃及展區的時候有經過一艘模型船嗎？」

梅森皺了皺眉頭，「不記得，」他說，「那時候很暗，又很恐怖，我其實沒有認真看。」

「就在樓梯旁邊的走廊盡頭，來吧！」我說。

CHAPTER 12

皇家卡洛琳號

　　我們望著那艘模型船，呼出的氣在玻璃櫃上結成了霧。

　　「好棒的船。」梅森說。真的很棒，這艘船由兩種不同顏色的木頭做成，船上的繩索是好幾百條縱橫交錯的細線，側面有幾排小炮從方形洞口伸出來，船頭有個看起來很沉重的錨，而船首的雕像是個穿戴西裝背心和舊式領巾的男人。

　　「它說這是『皇家卡洛琳號』的模型，由法國戰俘建造。」艾拉說，她在微弱的燈光下努力看著解說牌，「來看看能不能找到線索吧。」

　　「我到後面看看。」梅森說，一邊擠到玻璃櫃的側面。那裡很窄，因為櫃子直接靠在牆邊。

　　「等等，船底下有東西。」梅森說，「有一把劍、一個望遠鏡……還有個尺加小望遠鏡的奇怪東西。」

　　我沿著牆壁來到梅森旁邊，艾拉也擠在我旁邊。她拿出手機打開手電筒，照向玻璃櫃。

　　「那是『六分儀』，」她說，「古代天文航海用的裝置。」

我跟梅森都沉默了。

「天文什麼？」梅森說。

「他們用這個來量測海平面跟行星、月亮或某個星星的角距離，」她說，「這樣你就可以知道自己在哪裡。」

「妳怎麼會知道這些東西？」我說。

艾拉蹲了下來。

「我看很多書啊。」她說，「千萬別小看書本，也別小看你能從中學到的東西。」

她動了一下手機，讓光照在六分儀上，「我覺得這應該跟下一條線索有關，這個東西可以為水手指引方向，說不定也可以指引我們，解開〈油畫祕辛〉。現在有光了，你看得出什麼嗎，梅森？」

梅森是離船最近的人，他往裡頭看。

「不行，就是一些黃銅、玻璃和木頭做的東西。噢……等等，有張紙塞在下面！」

「上面寫什麼？」我說，「有說寶藏在哪裡嗎？」我的肚子大概翻滾了八圈。

梅森蹲下來，把頭歪向一邊。

「筆跡跟卡諾卜罈裡的一樣！」他說，「上面寫『傾聽河流』。」

「傾聽河流？」我說，「這到底是什麼意思啊？」

他站了起來，我們都從櫃子側面走出來，我來回踱步。

「也許寶藏在河裡？鎮上有河流嗎，艾拉？這附近應該沒

有河吧？你們知道在哪裡嗎？」我知道自己在胡言亂語，但我實在忍不住。

艾拉搖搖頭，「我們需要時間想一想。」她說。

「可是我沒有時間了！」我大聲說，「我媽很快就要失業了，我們沒有錢付帳單或買東西吃！我們必須找到寶藏！」

我別過頭去，感覺到肩膀被梅森握緊。

「老兄，我們才找到第二條線索，放輕鬆好嗎？」

我把他的手甩開。他說得容易，他可是什麼都不缺。

「梅森說得對，」艾拉說，「我們離開前再去看一下油畫，然後回家想一想。」

我嘆了口氣。他們說得對，但我就是覺得很慌，謎團只要一天沒解開，我們就離沒錢的日子愈來愈近。

我們回到門廳，我抬頭看巴索的畫，覺得那條河就只是一些波紋和漂浮的葉子。

「我什麼都沒看出來，你呢？」梅森說。我搖搖頭。

我望向艾拉，她盯著河流，一直眨眼。

「有想法嗎，艾拉？」我問。

「沒有，抱歉。」她說。她拿出口袋裡的手機，舉起來拍下油畫，「我該走了，明天見。」她接著快步走出木製的大門。

從博物館回家後，我坐在一樓的樓梯口看著放在玄關的破爛薄地毯。梅寶走過來跟我坐在一起，家裡好冷，她穿著緊身褲和兩件毛衣，但沒有穿襪子，梅寶討厭穿襪子，她的鼻尖上泛著一圈紅色。

　　我們在聽爸說話，他正在客廳講電話，沒聽見我回家的聲音。

　　「……如果我們買新的熱水器，可以分期付款嗎？」他跟電話裡的人說，「熱水器都不便宜啊，不是嗎？」他笑了一下，但我知道他只是緊張，並不是真的在笑。那個人回答時，家裡便安靜了下來。

　　「我了解，」爸說，「但裝好之後我們沒辦法一次付清，我不能再讓家人度過沒有暖氣的冬天了，如果可以每個月付一點的話……」

　　那個人一定插了話，因為爸又沉默了。梅寶看著我，她不知道發生了什麼事，但她知道要安靜。

　　「了解，」爸說，「這樣的話，就不用請你們來安裝了，謝謝。」

　　我妹伸出手，把冰冷的手指放在我的手上。「來吧，梅寶。」我輕聲說。

CHAPTER 13

校長辦公室

隔天在班上，坎寧小姐說有人打電話到校長室找我。

大家都轉頭看我，因為沒有人會打到校長辦公室找人。梅森用手肘推了我一下。

「是誰啊？」他說。

「我怎麼知道？」我說。我的感覺不太好，是不是家裡發生不好的事了？

我把椅子往後推，站了起來。

「一定是你爸終於找到工作了。」奈爾在我背後悄悄說，「那可是今日頭條啊！」坐在他隔壁的雷頓覺得很好笑，於是大力拍了桌子一下，表示讚賞。坐在走道另一邊的艾拉瞪了他們兩個，然後對我微笑。

我到接待區時，祕書說泰勒先生在辦公室裡等我。我輕敲他的門之後就走進去，他正在講電話。

「……是，他非常有天分……是、是，雖然他年紀還很小，但我們也注意到了……」

他馬上示意要我坐下。

　　「是……是……」他繼續講電話，「我們的明星學生現在就坐在我旁邊，妳要親自告訴他這個好消息嗎？」

　　泰勒先生停了下來，把話筒遞過桌子，我接過來，但不知道對方是誰讓我感覺不太好。

　　「嗯、喂？」我說。

　　「是柯爾・米勒嗎？」一個女人說。

　　「我是。」我說。

　　「我是瑪莉卡・洛夫，你今天好嗎？」

　　瑪莉卡・洛夫？那個藝術家？真不敢相信。

　　「我……嗯……還好，應該吧。」我說。泰勒先生在辦公桌對面用脣語跟我說了幾個字。

　　「得體一點！」他說。我對他皺眉頭。

　　「那……呃……妳今天好嗎，瑪莉卡・洛夫？我是說洛夫太太……小姐……女士？」我說。

　　泰勒先生對我露出笑容，還用雙手比讚。

　　「你真貼心，不過我打來不是要談論我自己，柯爾，」瑪莉卡說，「我要談的是你。噢，更重要的是你的畫。」

　　「我的畫？」我說。她說的應該就是她帶回藝廊的那幅。

　　泰勒先生盯著我，所以我轉到另一邊去，我不太喜歡他這樣。

　　「〈藍色天空〉帶來了一股熱潮，柯爾，我的藝廊熱鬧了一整週。」瑪莉卡說。

「熱潮？」我說，「是怎麼樣的熱潮？」

泰勒先生似乎在對我揮手，但我沒有看他。

「我有個很重要的客戶，他⋯⋯非常大方，非常支持我的作品和藝術界，也出價買了你的畫。」

「出價？」我說，我的心臟開始怦怦跳。

「是的，而且我也代你接受了，應該沒問題吧，柯爾？」

「抱歉，你說妳接受了他的出價？」我複述她的話，感覺有點耳鳴。

「是的，1,000英鎊*。」

電話裡一陣沉默。

「1,000英鎊？」我喊了出來。

泰勒先生移動到辦公桌的側面，把臉湊到我面前。

「不要重複她的話！她不喜歡！」他用氣音說。

「對，1,000，」瑪莉卡說，「這次我不收取費用，但未來還是會收一點，他非常想知道你什麼時候還會有新的作品。」

除了「新作品？」這幾個字，我不知道還能說什麼，所以只好閉嘴，以免又重複她的話。這真是太不可思議了！我的畫竟然值那麼多錢？好不真實啊，爸媽肯定不會相信！

「你有驚人的天分，柯爾，我等不及要看到你的新作品了。我的助理德倫晚一點會到你家，帶一些美術用品過去，再過幾週我們就可以展出新的畫作了，你覺得怎麼樣？」

---

* 依照2022年12月26日匯率，1,000英鎊將近台幣38,000元。

我吞了吞口水，我得再畫一張畫？

「可……可以吧。」我說，「他們真的很喜歡嗎？那個買畫的人，妳確定他不會反悔嗎？」

我聽見瑪莉卡的笑聲。

「他們都很喜歡，柯爾。你下次畫畫的時候，我要你把心思放在那些讓你成功畫出第一張畫的東西。你的色彩運用得很棒，你的畫也讓我想問好多問題，好嗎？」

「好。」我說，一邊想著那張有兩條交叉線和手印的藍色畫布。我不太了解她說的「問問題」是什麼意思，但我也不好意思問。

「先讓自己感覺一下，再開始畫。」她繼續說。

我真的不知道她在說什麼，但也無所謂了，爸終於可以修熱水器了！他們不用再擔心冬天沒熱水用了！我滿臉笑容，笑到臉都痛了。

「把電話交給校長吧，」瑪莉卡說，「我得再說一次，你做得很棒，柯爾。現在你一定很振奮，你的下一張畫一定會賣得更好。」

「謝謝妳！」我說，「再見！」我把話筒還給泰勒先生，感覺有點頭昏眼花。

「啊，洛夫小姐，我可以跟您聊一下我們裝修美術組的規畫嗎？您有興趣……嗯……贊助一下嗎？」

泰勒先生一邊說話，一邊草草在紙條上寫字，然後傳給我看。

去上課，今晚我會把好消息告訴
你爸媽。你做得很好，柯爾！

　　我在驚訝之中站起來、走出他的辦公室。剛才的事情真是
令人難以置信，1,000英鎊！就一張畫！我的畫！太不真實
了，我走回去上數學課時，大家都轉過來看我。

　　「沒事吧，柯爾？」數學老師哈特太太說。我點點頭，失
神的坐在梅森旁邊。

　　「好，7A班，考卷上有一些直式乘法題，給你們十分鐘
作答，看看你們在上一堂課學了多少。」哈特太太說。

　　大家都往前靠在桌上，開始寫考卷，但我只是直直的盯著
前方，想像有一大堆錢的樣子，根本無法專心。如果我賣出更
多的畫，誰知道會發生什麼事呢？到時候媽就不用擔心博物館
關閉的事了，這會改變我們的生活呢！我發現梅森在看我。

　　「你怎麼了？」他悄悄說。我回望著他，滿臉笑容。

　　「你知道我畫的那張畫嗎？被瑪莉卡帶回藝廊的那張。」
我悄悄說。

　　「那個有手印的藍色東西？」他輕笑了一下。

　　「對，」我說，「你一定想不到，它賣出去了，賣了
1,000英鎊。」

　　「什麼？」他大喊。

「梅森！專心寫考卷！」哈特太太在位子上抬起頭，不高興的說。我們趕緊低頭，假裝認真寫考卷。

　　「1,000英鎊？」他輕聲說，「買那個東西？你確定？」

　　我點點頭，有點不高興他覺得那張畫很爛。梅森詫異的搖著頭。

　　「還不只這樣，」我說，一邊留意哈特太太，「她要我再畫一張！」

　　「你開玩笑吧？」梅森說，並震驚的張大嘴巴。我搖搖頭，他看了一下哈特太太，然後再看著我。

　　「她覺得會有人買？」

　　我點點頭，「對，不敢相信吧？」

　　梅森望向遠方，「1,000英鎊啊。」他說，接著驚呼一口氣，「下一張說不定可以賣更多錢呢！如果買的人很熱中，或是很笨，說不定會付好幾萬買『柯爾‧米勒』的真跡呢！」

　　我們兩個都噗哧一聲，這真是太誇張了。

　　「老兄！你要變有錢了！」梅森露出笑容，往我的背上拍了一下。

　　我一邊笑，一邊慢慢感受那些不可思議的話，但我已經開始擔心了。我低頭看著數學考卷的第一題，覺得有點頭昏眼花。

　　我接下來該畫什麼呢？

CHAPTER 14

賺很多很多錢

　　我決定等媽下班回來再宣布我的好消息，所以我先在房間寫功課。一小時後，我聽到家門關上的聲音，於是我跑下樓。

　　「媽！今天發生一件超棒的事情！」我從樓梯的第三階跳下來說，「是我的畫！」

　　媽脫下大衣，臉上帶著黑眼圈，看起來累壞了。

　　「什麼畫啊？」她邊脫鞋邊說。

　　我就知道那天她沒有認真聽。

　　「瑪莉卡來學校時，我畫的那幅畫被她帶回藝廊了，妳記得嗎？來吧！我也要跟爸說。」

　　我抓著媽的手臂，把她拉進廚房。

　　「爸！」我說，「你有聽到嗎？我有個大消息！」

　　梅寶笑著拍手，她知道有令人興奮的事情。

　　「還好嗎，道格？」媽說，「你看起來跟我一樣慘。」

　　「恐怕沒熱水可用了，」爸說，「熱水器徹底壞了，我要用快煮壺煮水洗澡。」他打開快煮壺，水壺發出隆隆聲。

「爸！媽！」我說，「我有事要跟你們說！」

我關掉快煮壺，爸對我皺起眉頭。

「我要跟你們說我的畫！發生一件驚人的事！」

「柯爾的畫！」梅寶湊過來說。

「抱歉，親愛的，」媽說，「你想跟我們說什麼？」

我對他們兩個露出笑臉。

「瑪莉卡今天打到學校，我就去校長辦公室接她的電話，她把我的畫賣了1,000英鎊！」

媽把茶包丟進馬克杯，然後抬頭看我。

「什麼？你說什麼？」她說。

「瑪莉卡把我的畫帶到她在倫敦的藝廊，她覺得我畫得很好！然後有人用1,000英鎊跟她買！」

媽看了我一會兒，接著搖搖頭，打開快煮壺。

「挺好笑的，柯爾。」爸說。

「是真的啦！」我大吼，蓋過快煮壺的聲音，「它叫〈藍色天空〉，瑪莉卡把它帶到倫敦的藝廊，真的賣出去了！」

我看看媽，再看看爸。

「而且不只這樣！」我說，「瑪莉卡要我再畫一張！她說也許可以賣更多錢！」

門鈴響了，媽沒好氣的走向玄關。

「我沒心情開玩笑，柯爾，」她說，「他們今天決定了博物館關閉的日期，我再三週就要失業了。」

門鈴又響了一次，媽開門時我也跟了過去，是瑪莉卡的助

理德倫。

「啊，米勒太太，見到妳真榮幸，我幫柯爾帶了一些用具。」他說，他的頭往手裡的大箱子點了一下。看到我在媽身後，他便說，「嗨，柯爾，瑪莉卡藝廊的人都很恭喜你呢，你在藝術界掀起了一股熱潮！」

媽站在那裡，覺得很困惑。

「我們沒有訂東西，謝謝你。」她說，並準備關門。

「媽！他是瑪莉卡的助理！為什麼妳聽不進去呢？我賣了一幅畫！」

媽看看我，再看看德倫。

「你是哪位？」她問。

「我是德倫，瑪莉卡的助理。我想跟妳握手，不過這有點重。」德倫說，並再次往手裡的大箱子點點頭。

「媽，讓他進來呀！」我央求著，爸也走了過來。

「怎麼回事，柯爾？」他說。

「我說過了！」我說，「我的畫賣出去了，瑪莉卡要我再畫一張。」

德倫踏進屋裡。

「瑪莉卡？」爸說，「那個畫家？畫格子的那位？」

我點頭如搗蒜。

「我需要你們的帳戶資料。」德倫說。

「洛夫小姐同意第一次不收佣金，所以你們可以拿到1,000英鎊整。」

媽看看德倫，再看看我。

「抱歉……你們是不是搞錯了？」媽說，「柯爾並不是畫家。」

德倫露出微笑。

「你們的兒子非常有藝術天分，米勒太太，瑪莉卡想繼續培養他，也願意負責他的下一筆拍賣。」

「下一筆拍賣？」她說，「什麼意思？」

德倫把箱子放在樓梯邊。

「我們希望柯爾再畫一張，瑪莉卡認為可以賣出比1,000英鎊更高的價格。」

爸哼了一聲。

「噢，我懂了！」他說，「這是惡作劇吧？你的鈕扣裡一定藏了針孔攝影機！」

他走向德倫，開始仔細查看他的西裝外套。

「爸！他說的是真的！我賣了一幅畫！」我說。德倫開始露出無奈的表情，接著對我說話。

「你需要的美術用品都在這裡，柯爾，」他說，「如果你還需要其他的東西，請直接打給我。」

我往箱子裡頭看，有畫布、鉛筆、不同尺寸的畫筆，還有很多很多顏料。

「這些看起來很夠用。」我試著讓自己聽起來煞有其事，爸媽則是站在那裡，直到梅寶過來翻出箱子裡的東西。

「梅寶！別碰，」爸說，「這些是，嗯……柯爾的美術用

品。」

德倫從包包裡拿出一個信封。

「米勒先生、米勒太太，我有一些文件要請你們過目和簽名。」

爸媽看起來十分茫然，但也紛紛點頭，他們三個人便走去客廳。

「梅寶想看看柯爾的畫。」我妹在旁邊悄悄的說，我蹲在她一旁。

「恐怕沒辦法，因為賣掉了。」我說，「不過我還會再畫一張喔！」

梅寶對我眨眨藍色大眼睛。

「賣掉？」她不太理解的說。

「對，」我滿臉笑意的說，「我也會把下一張賣掉！」

我們也往客廳走去，梅寶爬到爸的大腿上。

「他是誰？」她直直的指著德倫說，真讓人尷尬。爸在她耳邊說了一些話，她便安靜下來。

「瑪莉卡希望柯爾畫什麼呢？」媽說。她終於相信我了！

「瑪莉卡喜歡能激起她好奇心的畫作、有故事的畫面。」他認真的說。媽慢慢對他點頭，再瞪大眼睛看我，我微微聳肩回應她，我也不太確定。

「那她覺得下次可以賣多少錢呢？」爸說，一邊往前靠。

「這很難說，不過很多人都對〈藍色天空〉有興趣。」德倫說。

「等一下，這是詐騙嗎？」爸瞇起眼睛說。

「你會不會突然要我們付錢，然後才開始賣畫啊？我清楚的告訴你，我們沒錢。」

德倫笑著搖搖頭。

「這不是詐騙，米勒先生。我們開給柯爾的條件就跟其他藝術家一樣，藝廊會收取售價百分之三十五的費用，若是賣不出去，就不收任何費用。不過我老實說，這不太可能。」

「百分之三十五聽起來挺高的。」爸說。

「是的，不過瑪莉卡也有很多花費要支出，像是宣傳費、場地費、保險、員工薪水等等。」

爸看著我。

「你真的想這麼做嗎，柯爾？你可以再畫一張嗎？」

「當然！」我說。

「太好了！」德倫說，並遞給我一張小卡，「這裡有我的電話，有什麼事都可以找我。」

我看著那張名片，正面有金色的瑪莉卡標誌，背面是電話號碼和幾個字：德倫，瑪莉卡私人助理。

「米勒先生、米勒太太，如果你們願意在合約上提供帳戶並簽名，我今晚就可以把1,000英鎊匯過去。」他把文件和筆遞給媽，她的臉突然漲紅。

「我應該可以開一個帳戶給柯爾吧？我的意思是，事情都是他做的，他的錢卻匯到我的帳戶，我覺得不太好。」

德倫整理一下手裡的文件，「那要請妳跟妳先生決定，米

勒太太，妳也可以事後再把錢匯到其他地方。」

　　媽看著我。

　　「那我們晚點討論好嗎，柯爾？」爸說。我同意，不過這筆錢是不可能留在我這裡的。

　　「我們也想為你在藝廊辦一場發表會，柯爾。一場小型晚宴，邀請幾位記者和其他畫家，這樣可以讓你的作品被大家看到，你覺得怎麼樣？」

　　「晚什麼？」我說，「我從來沒聽過這個字。」

　　「晚宴，」爸說，「有點像派對，不過參加的都是名流。」他對我眨眨眼。我不確定自己喜不喜歡這樣。

　　「柯爾有多少時間可以畫畫？」媽說，一邊把文件遞回去。

　　「三週，可以嗎，柯爾？」

　　我點點頭。以我畫第一張畫的速度來說，這些時間我大概可以畫五十張。

　　「太好了！」他說，「期間請拍照給我看你畫畫的進度，好嗎？」

　　「沒問題。」我說，盡量讓自己的聲音聽起來開朗又有自信。

　　德倫站了起來，「好，我該回藝廊告訴瑪莉卡這個好消息了，我們再聯絡，看看你的進展。」

　　他跟我握手，再跟爸媽握手，爸懷裡的梅寶也伸出手來，德倫便跟她握了一下，這讓她傻笑起來。

德倫一離開，爸媽就變得很激動。

「真不敢相信，」媽說，「1,000英鎊耶！」她緊緊抱住我，我都快不能呼吸了，她接著在我頭上親了一下。

「真沒想到，我們家出了一位藝術家呢！」爸說，媽一放手他就立刻抱住我。梅寶爬到沙發上跳上跳下，還一邊拍手。

大家開始七嘴八舌的說起話來，媽不斷說她很不想拿我的錢，但也許他們可以先借用一下？爸說他要傳訊息給水電師傅，請他修理熱水器什麼的，希望我們能順利度過冬天。梅寶則是從沙發上跳下來拍拍我的手，問我可不可以讓她玩新的顏料。

我看著這樣的大家、對他們展露笑容，感覺內心深處有股溫暖逐漸蔓延開來。

我，柯爾・米勒，要幫我們家賺很多很多的錢了。

CHAPTER 15

繼續畫下去

隔天早上，梅森難得特別早來敲門，我們便一起上學。

「再見，柯爾；再見，梅森！」爸大喊，「祝你們過得愉快！」

爸的心情非常好，媽也帶著一張大笑臉出門上班了。那筆錢已經匯進爸媽的帳戶，水電師傅說他會盡快來修理熱水器，事情總算順利起來了。我心裡的擔憂沒那麼沉重，腦袋也清楚許多。

「他們打算什麼時候賣你的下一幅大作呢？」梅森在路上問。

「三週後，」我說，「不過我根本不知道要畫什麼。」德倫在的時候，再畫一張感覺很簡單，但是我愈想卻愈覺得自己是個沒料的傢伙。

「你可以畫你最好的朋友啊。」梅森擠眉弄眼的說。

「我才不要。」我笑著說。

「何不再畫一張天空呢？你可以畫一整個天空系列，藝術

家不是都這樣嗎？一直畫一樣的東西啊？」

這我不太肯定。

「不知道，」我說，「但是我覺得瑪莉卡不會希望我這樣做。」

「她一定會的！你畫〈藍色天空二號〉的時候說不定會悶悶不樂，畫出一張又黑又糊的畫，這樣你就可以把它取名為〈黑色天空〉！現在的藝術家都愛這種鬼東西。」

這個想法也許還不錯？我還可以在兩邊弄上手印，瑪莉卡好像很喜歡。更重要的是，這聽起來很簡單。

「應該吧。」我說，一邊認真考慮。

梅森得意的笑著，「你的第一張畫看起來就像3歲小孩畫的，一定沒問題啦。」他拍著我的肩膀大笑，我也笑了。他說得對，這根本就是小事一樁！我的下一張畫會高價賣出，家裡也會愈來愈好。

「你有想過下一張畫賣出之後，你要買什麼嗎？」梅森說，「你真的該買雙運動鞋了，如果是我，我就絕對不會穿你腳上那雙，這可不是在開玩笑。」

「是啊，我應該會買吧。」我說，一邊覺得很難為情，他從來不會這樣說我的運動鞋。

梅森開始說起他的XT50運動鞋，說它穿起來有多舒服，不過可能已經賣完之類的話。我一直在想要怎麼幫爸媽，沒想過要為自己買東西。如果下一張畫賣的錢夠多，或許我就可以買一些自己的東西，例如新手機、像樣的外套、手錶和運動

鞋，就像一次買齊所有想要的聖誕禮物！

到班上時，我又被告知要去找校長了。「不知道這次他又要告訴我什麼好消息。」我離開教室時一派輕鬆的說，奈爾和雷頓則是用狐疑的眼神看著我。我到校長室時，泰勒先生又是一臉笑意。

「你今天好嗎，柯爾？」他問。

「很好啊！」我也對他笑。

「太好了，」他搓著手說，「我還有好消息要告訴你！瑪莉卡認為克勞瑟中學確實有潛力可以培養像你這樣的藝術家，很棒吧？」

我點點頭。

「更棒的是，她已經親自承諾，要給我們一筆可觀的費用來裝修美術大樓！她非常大方，要不是你，我們絕對難以想像能獲得這筆錢。」

「同意。」我說。

泰勒先生撐著手肘，向前靠了過來。

「我們真的很希望你的第二張畫可以成功，柯爾，你將會讓全世界知道，我們克勞瑟中學的學生多麼的有天分。瑪莉卡說她有辦法幫你的畫打響知名度，真是太讓人興奮了。」

我在位子上感到不安，「知名度？」我說。我突然覺得很熱，但泰勒先生自顧自的繼續說。

「我跟你的導師討論過了，還有其他老師，我們都同意你可以少上一些課，讓你有更多時間畫畫。」

我吞了吞口水，「少上一些課？」泰勒先生點點頭。

「你的美術老師法蘭頓太太說，你可以從今天早上開始到她的教室畫畫，她要到下午才有課，你覺得如何？」

「這……」

「你需要的東西她都有，她也可以給你一些建議。你願意的話，下課和放學之後都可以到那裡畫畫，好嗎？」

我又吞了吞口水。先是少上一些課，現在又要花更多時間畫畫，這可不妙。

「應該吧。」我說。

「太好了！」泰勒先生說，同時雙手一拍。我馬上在腦中盤算一下我的課表，這樣我就不用上數學課和法文課了，還不算太糟。

「好，準備去美術教室吧，孩子，開始你的下一張傑作！」

他站起來，把手伸過辦公桌，通常校長只會在期末大會頒發畢業證書時，才會跟學生握手。我也站起來跟他握手。

「我們都非常以你為榮，柯爾。」他笑容滿面的說，「真的。」

我看著他，試著以笑容回應，但好像笑得很不自然。

我到美術教室時，法蘭頓太太在桌前等我。

「柯爾！這真是太棒了對吧？」她說。她像平常興奮時那樣瘋狂眨眼，接著深呼吸，眼睛一開一闔。

「你知道嗎，我一直都覺得你潛藏著一股驚人的天分。」

她歪著頭說，「我記得學期初看到你的森林拼貼畫時，就知道你資質獨特。」她的眼神飄向教室後方，我也望了過去，我的拼貼畫出現在牆上，下面有張粗體字的標示：

〈森林拼貼〉
我們卓越的藝術家
柯爾・米勒之作

牆上原本掛著一些通過會考的十一年級學生的作品，但現在都被拿下來了。

「噢，」我說，「那張畫妳不是給我『D』嗎？」我記得她用紅筆在背面寫下評語，說我「使用膠水的技巧不佳」。

法蘭頓太太閉起眼並噘起嘴脣，左右搖頭。

「不、不、不……是『A+』，」她小小的哼了一聲說，「我清了一個空間給你，你可以隨時使用，不會有人打擾你。」

她指著角落那張鋪滿報紙的桌子，上面有個畫架、一些顏料、畫筆、玻璃罐裝的水和一張空白的畫布。我走過去，把書包放在椅子旁邊。

「那我就開始吧。」我對她說。她點點頭，然後專心的看著我。我捲起毛衣的袖子，望著白色的畫布。顏料都是新的，我轉開其中一個蓋子，把它擠到塑膠盤上，決定要畫〈灰色天空〉。

「噢，你選的顏色真有趣，非常有氣氛，這種顏色就像陰鬱的日子、暴風的徵兆……」法蘭頓太太若有所思的說。我對她皺起眉頭。

　　「妳這樣看我，我大概沒辦法發揮。」我說。

　　「你說得對！」她說，「我就待在這裡吧，如果你需要……嗯……幫忙的話。」她走回她的辦公桌。我移動了一下畫架，讓她看不到我的動作，然後盯著白色畫布，接著深吸一口氣開始畫畫。

CHAPTER 16

靈感災難

　　我花了兩小時畫〈灰色天空〉。

　　一開始，我在整張畫布塗上灰色，顏色就像梅寶玩的蝴蝶遊戲裡那隻大象，然後畫了交叉的白色線條，跟〈藍色天空〉裡的飛機噴射尾巴一樣。我在畫還沒乾的時候就用手握住兩邊，把它拿起來，想跟上次一樣弄出兩個手印（我覺得瑪莉卡特別喜歡這個），但這次顏料糊掉了，看起來一點都不像手印。

　　我拿給法蘭頓太太看的時候，她臉色一沉。「噢，」她說，「這跟你的第一張畫很像吧？只是沒有那麼……藍。」

　　我畫得好糟，連半鎊都不會有人買，1,000英鎊就更不用說了。

　　「太爛了！」我說，「我畫不出來！」

　　「別傻了，你才試第一次而已，別著急呀！」法蘭頓太太的聲音高了八度，「藝術是急不得的。」

　　午餐鈴聲響起，我把畫筆丟進水瓶，抓著書包往教室門口

走去。

「放學後再過來，柯爾，拿新的畫布再試一次。」法蘭頓太太對我喊道。

我把門關上，沒有理她。

「嗨，柯爾！畫得還好嗎？」是艾拉，她剛才一定是在等我。

「很糟，我就是做不好。」

艾拉小跑到我旁邊，一邊小心避免在愈來愈擁擠的走廊上撞到人。

「我知道這種感覺，」她說，「我拉琴的時候，偶爾也會有這種感覺，旋律就是很僵硬。我們都有能力，但有時候也會暫時無法發揮，對吧？」

我看了她一眼，不過我沒說什麼，我怎麼能跟艾拉相提並論呢？她繼續說。

「總之，我想跟你說有關〈油畫祕辛〉的事情，我在想……」

雷頓突然出現在我們面前，擋住我們的路。

「看那，」他跟奈爾說，「莫札特跟畢卡索混在一起了！」

他們兩個都笑了出來。

「妳的低音大提琴呢，莫札特？」奈爾說。這時幾個同學湊了過來。

「才不是低音大提琴，是大提琴。」艾拉驕傲的說。我咕

噥了一聲，她真不該回嘴的。

「是嗎？」雷頓說。我們想繞過去，但一個十年級的學生把我擋了下來。

「可以跟你借個5英鎊嗎，畢卡索？我們都聽說你的畫賣了1,000英鎊。」大家又笑了起來。

「1,000英鎊？」奈爾說，「我爸不到一小時就可以賺到了，不過這對你家來說一定很多吧？」

我低著頭。

「也許你應該拿這筆錢買新鞋。」一個我不認識的女生說。

大家都低頭看我的鞋子，我左腳的大拇趾從鞋尖冒了出來，我想把它縮回來，可是已經沒有空間了。

「至少你現在可以參加校外教學了吧，柯爾？」琪琪突然在我後方說。她應該是想說些好話，不過沒什麼幫助。

「明年的滑雪旅行呢？」亞契說，「你覺得你能來嗎？就只有你不去耶，不是嗎？」

我聳聳肩。

「付完他爸的薪水之後，他就沒錢滑雪啦！」雷頓說，「你不記得嗎？他爸的工作就是照顧他呀！」

大家都捧腹大笑。

「少煩他！」艾拉說，「沒有錢又不是柯爾的問題。」

大家安靜了一陣，接著像機關槍一樣對我們開炮。

「妳也要參一腳啊，莫札特？」

「對呀，妳不是要練什麼管弦樂嗎？」

「畢卡索要莫札特幫他出頭啊？」

「聽說他的畫就跟3歲小孩畫的一樣！」

人群中出現一條縫隙，我低頭擠了過去。

艾拉趕緊跟上來。

「妳為什麼要幫我說話？」我質問她，「這樣更糟！」

「朋友就是這樣啊！」艾拉說，「總之，他們都是笨蛋，別理他們。」

我加快腳步，艾拉跟上來時差點跌倒。

「我想了想上次〈油畫祕辛〉留下的線索，覺得我們可以──」

「我現在真的沒有時間尋寶了，艾拉，」我說，「我得搞定這張畫，現在是我可以真正賺錢的時候，如果還去找說不定根本不存在的寶藏，那就太笨了！」

艾拉臉色一沉，開始咬下嘴脣。我感到一股強烈的罪惡感，我並不是故意要讓她難過的。

「好吧，晚點見。」她說，接著匆匆走去餐廳。

上完最後一堂課後，我直接來到美術教室，法蘭頓太太給我一張新的畫布，這次我用了更深的灰色，可是飛機的噴射尾巴畫不好。我在畫布上東畫西畫，畫到法蘭頓太太穿起大衣。

「你就先畫到這裡吧，柯爾。」她說，「明天換個心情再過來，一切都會好起來的，你才畫第一天而已。」

我點點頭，一句話都沒說就站了起來，我累壞了，於是我

離開美術教室，沿著走廊往校門口走去。我聽見話劇教室傳出音樂聲，便從門上的玻璃窗往裡面偷看。

是艾拉。

她坐在一張藍色椅子上，面前擺了譜架，紅褐色的大提琴放在她的膝蓋間。她閉著眼睛，頭左擺右擺，好像被催眠一樣。她右手來回拉著琴弓，左手的手指壓在琴弦的一端。這琴聲太不可思議了，有些音好低好低，聽起來就像轟隆隆的雷聲；當艾拉移動左手的手指，樂曲又高亢了起來。她會時不時的停下來，但是右腳一直穩定的打著拍子，眼睛也閉著，也許是要讓管弦樂團的其他樂器演奏。

樂曲結束時，我退離門邊以免被她看見。我不懂為什麼艾拉覺得我們兩個很有天分，在我看來，她才是有天分的那個人。

我到家時，爸匆匆跑到家門口。

「柯爾！你絕對想不到，」他說，梅寶在他旁邊跳上跳下，「瑪莉卡得了一個藝術大獎！」

「噢，很好啊。」我說，不確定爸為什麼這麼興奮。

「這個獎叫做『透納獎』，她還在致詞時提到你呢！」

「什麼？」我倒抽一口氣，書包掉到地上。爸快速滑動手機，按住螢幕後拿給我看。那是一則新聞片段，瑪莉卡站在台上，螢幕底下寫著：瑪莉卡・洛夫，本屆透納獎得主。我在她說話時把音量調大。

「……我們國家有很多藝術天才。其實我最近才拜訪我的

中學母校，發現了一位優秀的藝術新星。有位叫柯爾‧米勒的男孩……」

觀眾開始興奮的低語，我有點無法承受了。

「我已經賣出一幅這位天才男孩的畫作，我在此興奮的跟大家宣布，我們很快就要拍賣他的第二幅作品，歡迎洽詢瑪莉卡藝廊……我要感謝我的助理……」

「拍賣？」我說，並讓影片暫停。

「是啊！畫會賣給出價最高的人，很棒吧？」

「應該吧。」我說。梅寶抓住我的手。

「柯爾跟梅寶玩？」她抬頭看著我說。我扭了扭，讓她放開我的手。

「德倫有打來，」爸說，「他問你可不可以盡快傳畫作的照片給他。噢，明天還有一位知名報社的記者要來訪問你！瑪莉卡的致詞掀起了一陣熱潮。」爸露出笑容，我好幾年沒見到他這麼快樂了。

「他們為什麼想訪問我？」我說，「為什麼不訪問瑪莉卡就好？」

「他們應該是想親自了解你有多特別吧。」爸笑容滿面的說。

我開始摳我的鞋帶。

「什麼意思？我又沒什麼特別的。」我說，一邊試著解開繫緊的結。

「當然特別啊！」爸笑著說，「又不是每個人的畫都能賣

出1,000英鎊！他們想了解這位12歲的藝術天才在想什麼。」

藝術天才？聽起來好怪。

梅寶抓住我的手腕用力拉。「放手，梅寶！妳弄痛我了！」我大聲說。我推開她，結果她撞到牆壁，皺起臉來開始哭。

「柯爾！小心點，你是怎麼回事？」爸說，一把抱起梅寶，「跟她道歉！」

「對不起。」我小聲的說，「我只是很累。」梅寶掙脫爸的懷抱往廚房跑去，但是哭聲沒有持續很久。

「我們都以你為榮，柯爾。」爸再度露出笑容說，「我們家終於開始順了。」

我放棄解開鞋帶，直接扯掉鞋子、跑到樓上。

我心裡那種糾結的感覺更強烈了。這是我們家有史以來最讓人興奮的事情，我應該好好享受，可是卻覺得自己好像站在很高的懸崖旁邊往下看，底下看起來好深好深。

第一次接受採訪

　　隔天我畫了一張新的〈黃色天空〉，等我搞定第二張作品，我就可以輕鬆了。法蘭頓太太給了我新的畫布，整個早上我都待在美術教室，連下課和午餐時間也是。上美術課的人來來去去，我還是待在角落畫我的畫。

　　下午我回去上課，等到最後一堂課，也就是地理課時，我坐到梅森旁邊。

　　「畫得怎麼樣？」他說。

　　「糟透了，我愈畫愈差，沒有進步。」我回答，「最後都亂成一團。」

　　「艾拉問我們今晚要不要再去博物館。」梅森說，「我們還有線索要弄清楚，記得嗎？『傾聽河流』呀？」

　　「我不行，」我說，「有報社記者要來我家，放學後我得直接回家。」

　　「記者？」梅森說。

　　「是啊，他們想問我畫作之類的問題。」

梅森思考了一下。

「說不定他們也想了解你的朋友，你不覺得嗎？」他說，「我可以跟他們說『最好的朋友賣畫賺了1,000英鎊』是什麼感覺！」

「嗯，也許吧，但我覺得他們想了解我是怎麼畫的，還有我的靈感來源跟——」

「我開玩笑的啦！」他推了推我的手臂說，「不過保險起見，我還是跟你一起回家好了。」

我喜歡梅森，但我真的不希望他來看我的訪問，可是我也不知道該怎麼拒絕。下課鐘聲一響，他就笑嘻嘻的轉過來。

「準備好了嗎？」他說。我嘆氣後點點頭，接著我們一起走回我家。

我們到家時，外面停了一台銀色小車。

「柯爾！梅森！」爸開門時說，「我們都在等你，進來吧，進來吧！」

我跟梅森把書包放在地上，跟著爸走到客廳。沙發上有個穿深藍色套裝的女人，梅寶站在扶手椅旁邊，看起來很害羞。

那個女人看到我們便站了起來。

「柯爾！我是《每日話題報》的凱西，你現在發光發熱了呢！」她說，一邊跟我握手。最近，我好像都在跟大家握手。

「妳好。」我說。

「我是梅森，柯爾最好的朋友。」梅森說，他也準備跟凱西握手，但她已經轉身坐下了。

「真讓人興奮啊！」爸坐在扶手椅上說。梅寶爬到他的大腿上，梅森則是站在電視旁邊。

「沒錯！」凱西說，一邊拿出包包裡的小記事本，「對你們一家來說，這真是驚奇的時刻。」

「很抱歉我太太沒辦法過來，」爸說，「她在博物館上班，可惜抽不出時間，因為博物館就要關閉了，最近有點忙不過來。」

凱西點點頭，匆匆在筆記本上寫起字來，我看到她寫下「妻子將失業」。

「一點也沒關係，我主要是想和柯爾聊聊。」她說，並抬頭轉過來看我，「那麼，柯爾，我會問你一些問題，並用手機錄音，大家都同意嗎？」

我聳聳肩，爸點了點頭，梅森則是說：「可以。」我看了他一眼，他就把嘴閉上。

凱西把筆記翻到另一頁，我看見一連串的問題。她調整了一下手機，便把它放在我跟她中間的沙發上，開始錄音。

「那就開始吧……你一直都對藝術有興趣嗎，柯爾？」她說。梅森馬上哼了一聲。

「我小學的時候滿喜歡的。」我說，「我記得玩過手指畫和鏤空畫，很好玩。」梅森哼得更誇張了，我不高興的瞪著他。

「你對瑪莉卡‧洛夫的印象是什麼？她是全國最具代表性的人物之一，跟她見面一定有點嚇人吧？尤其是像她這樣讓人

摸不透的人物。她實際上是怎麼樣的人呢？」凱西的眼睛在發亮。

「她還不錯吧。」我說。

她對我點點頭，等我繼續說，可是我沒有話想說了。她低頭看筆記，梅寶在爸的腿上扭來扭去。

「梅寶吃餅乾？」她說，而且非常大聲。

「現在不行，梅寶。」爸悄悄說。她看著我和記者，接著從爸的腿上爬下來，輕輕走去廚房。

「那可以請你告訴我，你畫畫那天，瑪莉卡到你們班上美術課的事嗎？」凱西說，「她要你們做些什麼？」

我深吸一口氣。

「她給大家一些美術用品，跟我們說想畫什麼就畫什麼。」

梅森突然往前跨了一步，「沒錯！還記得她說我們可以畫咖啡的味道這類的怪東西嗎？」他笑著說。

凱西對他皺了皺眉頭。

「你是不是很快就有靈感了呢，柯爾？還是你花了一點時間才進入……創作的狀態？」

梅森又開始發笑，我真的開始覺得他煩了。

「應該花了一點時間吧，」我說，「一開始我不知道該畫什麼，然後我就望向窗外……」

廚房傳來哐噹聲，接著是梅寶的哭聲，聽起來梅寶大概想拿櫃子裡的餅乾。

「真是抱歉，」爸站起來說，「我馬上回來。」

爸離開時，凱西對他露出甜美的笑容，梅森馬上坐到扶手椅上。

「1,000英鎊是很大一筆錢，你想要怎麼花呢？」凱西問。

我準備開口，但梅森又插嘴了：「他要買新運動鞋，對吧，柯爾？」我生氣的瞪著他。

「真不錯，」凱西說，「這個年紀的孩子都想要擁有昂貴的運動鞋。」

我在位子上動了一下。

「其實我們需要維修熱水器，所以爸媽應該會處理這件事。它一直壞，而且——」

「原來如此，」凱西靠近了一點，「所以這筆錢也不完全是你的嘍？爸媽打算拿去自己用嗎？」

我搖搖頭。

「不是自己用，只是我們得——」

「我知道你爸爸現在沒有工作，」她打斷我說，「你們家的經濟狀況一定很吃緊，這筆意外之財肯定能幫上很大的忙。」她又露出微笑，我對她皺起眉頭。

「他不是沒有工作，他在照顧我跟我妹。他之前的工作收入不夠支付托嬰的錢，所以決定暫時待在家裡，他其實在找能一邊照顧我們的工作。」

凱西微笑著，我看著她在筆記上寫「爸爸沒有工作」，也

感受到梅森在扶手椅上蠢蠢欲動。

「這筆錢還有什麼用途嗎？像是換新的地毯？」她低頭看我們單薄又東禿一塊、西禿一塊的舊地毯，「買些裝飾品？」

「我們……我們還沒決定。」我說。

「錢要花在哪裡，我想應該是由柯爾決定吧，不是嗎？」梅森坐在扶手椅邊緣說，凱西則是冷冷的看著他。

「那當然，」她說，「我只是覺得大部分的12歲小孩都會想把錢拿去買電動或最新的手機，而不是熱水器。」

她回過頭看我，笑容又像魔法般出現。

「我知道已經有很多人對你的下一張畫有興趣，瑪莉卡藝廊已經發表聲明，說他們預期拍賣價格會遠高於 1,000 英鎊。知道自己即將再賺一大筆錢，你有什麼感覺呢？應該很興奮吧？畢竟……」她四處打量我家寒酸的客廳，「畢竟……你們錢不多。」

梅森生氣的站了起來。

「為什麼妳一直問他錢的事情？」他說，「妳不是該聊聊他的畫嗎？」

「這個我待會兒就會問到。」她不高興的看著梅森說，「柯爾，下一筆錢呢？會是由你來花嗎？還是爸媽呢？」

「我……我不知道，應該要看這筆錢有多少吧。」我說，「我媽要幫我開一個銀行帳戶，而且——」

「所以那 1,000 英鎊根本不是進你的帳戶啊？」

我開了口，但又閉上嘴巴，我不喜歡她的問題。她低頭看

看筆記，也不在乎我其實沒有回答她。

「第二張畫進行得如何？」她說，「要跟讀者透露一點訊息嗎？」

我覺得很難為情，「我還不確定。」

凱西皺起眉頭。

「不是再過幾週就要拍賣了嗎？」她說，「要再次畫出像第一張那麼棒的作品，你一定壓力很大吧？」

我眨眨眼，低頭看著膝蓋，一邊思考該怎麼說。我突然想起在泰勒先生的辦公室時，瑪莉卡在電話上說的話。

「我會先去感覺，然後再開始畫。」我說，話一說出口，我的臉就紅了起來。梅森爆出笑聲，再用手摀住嘴巴，我又怒瞪了他一次。這時，爸抱著梅寶走進客廳，梅寶的手裡拿著薑餅，眉毛上方有個紅腫的印子。

「聊得怎麼樣啊？」爸笑著問。

「差不多了！」凱西說，一邊按下手機的錄音暫停鍵。梅寶掙脫爸的懷抱跑向凱西，站在她面前。

「梅寶拿餅乾撞到頭！」我妹驕傲的說，凱西面無表情的看著她。

我妹並沒有灰心，她接著跑到沙發扶手旁邊用力拍打。「看！我們的沙發有雲！」她說。灰塵噴到空中，我發現凱西看到灰塵時，瞪大了眼睛。

「確實有雲呢。」她說的時候笑了一下，然後馬上在筆記本上寫了幾個字，接著將筆記收進包包裡。沙發並不髒，只是

很舊。在我還小的時候，爸媽從慈善商店買下這張沙發，那時候就已經很舊了。

「非常謝謝你們抽空接受採訪。」凱西站起來說，梅寶也跑去站在爸旁邊，「我可以幫你拍張照嗎，柯爾？坐在沙發中間好嗎？」

「應該可以吧。」我望著爸說，他也點頭。我慢慢移到中間，凱西則彎腰拿起手機。她看到我背後有個東西，便調整了一下自己的位置。

「太好了！」她按著螢幕說，「謝謝你，柯爾；也謝謝你，米勒先生。我知道你們都很興奮，讀者一定會喜歡你們的故事。」

「別客氣。」爸說。

「我回去寫報導，明天就會刊登。」她說。

「太好了，」爸說，「謝謝妳跑這一趟。」爸走向玄關，送她出去。

他們離開之後，我起身看凱西拍照前看到了什麼，原來是我頭上的牆壁掉漆了。爸說過整個客廳牆面都需要裝修，但他們一直沒有錢做這件事。家裡這樣已經很久了，我都沒注意到，但我知道這看起來很糟。凱西一定是為了把那塊醜醜的牆拍進去所以故意換位置。

「你還好吧？」梅森起身說。

「還好啊，為什麼會不好？」我不高興的回他。

「因為她一直問你那些錢的事。」他說。

「她是記者，不然還會問什麼？」我說。梅森把頭別了過去。

　　「好吧，那明天見了。」他說。

　　我看著這個破舊的家，沒有回他。我對凱西的報導有種預感，很不好的預感。

CHAPTER 18

登上報紙

隔天我走進教室，大家瞬間安靜下來，轉過來看我。我坐到艾拉隔壁，但沒看見梅森，他一定又睡過頭了。

「怎麼回事？」我小聲問，艾拉皺起眉頭。

「他們在討論你的專訪，」她說，「報紙上的。」

「怎麼了嗎？」

艾拉從書包拿出手機，確認坎寧小姐還沒進教室，便滑開螢幕。報導標題讓我的胃劇烈翻攪。

爸媽對我的第一桶金已有安排！

柯爾·米勒在藝術界竄紅，被譽為下一個「明日之星」。不過，他會如何運用他的財富呢？這位12歲藝術天才的第一幅畫〈藍色天空〉日前在瑪莉卡藝廊以驚人的1,000英鎊售出；然而，洛夫小姐表示，這位男孩還會擁有巨大的財富，因為他的下一個作品熱度攀升（畫名未定），即將在幾週內進行

拍賣。

　　記者前進米勒家這間年久失修、具三間臥室的連棟房屋進行採訪。

　　「我想買新運動鞋，但我爸媽需要這筆錢修熱水器。」他難過的告訴我。從米勒家的屋子，不難看出他們經濟狀況吃緊，記者也不禁好奇，要畫第二張畫的想法是出自他父母親，還是瑪莉卡・洛夫呢？目前瑪莉卡藝廊尚未對此發表意見。

我看不下去了，覺得有點不舒服，我根本沒有這樣說！

　　「這是真的嗎？」艾拉悄悄的問，「你爸媽有叫你畫畫，又把錢拿走嗎？」

　　「沒有啊！」我說。我繼續往下滑，看到那張我坐在破舊沙發上的照片，後方牆上有一塊裸露的水泥，我看起來真是悲慘。照片底下寫著：

「我只是想要新運動鞋。」12歲的柯爾說。

　　坎寧小姐走進教室，艾拉趕緊把手機收進書包。梅森跟在她身後匆匆進到教室，並且急忙坐到位子上。

　　「我錯過了什麼嗎？」他問。艾拉小聲跟他說，我則是茫然的盯著桌面。這太可怕了，現在大家都覺得我爸媽是見錢眼開的人了！

坎寧小姐拿了簽到表，接著所有人走去禮堂參加朝會。我們每個月都會舉行一次朝會，大家都很討厭這件事。走廊擠滿了人，有人用力拍了我的背。

「你是不是有付錢給你爸，讓他照顧你跟你妹妹啊？」漢娜說。我以為她在開玩笑，但她看起來很認真。

「當然沒有。」我咕噥著說。

「聽說他們會把錢全部拿走，每個星期給你1英鎊零用錢。」奈爾說，雷頓也在一旁不懷好意的笑著，「哈！那你不就比以前多1英鎊了嗎？」他說。

我抬頭望向梅森和艾拉，但他們在前面聊得很起勁，大概是在講我的事情。

「我真的覺得你應該找人來管理你的錢，柯爾。」琪琪說。旁邊有幾個人想湊過來聽。

「我爸媽沒有拿走我的錢，好嗎？」我跟周圍的人說，「報紙寫的是假的！」

我推開人群走到禮堂，坐在狄恩和琵亞中間，盡可能縮在椅子上。老師在朝會的時候都很嚴格，他們會在禮堂邊緣走來走去，看看哪個學生在講話，所以沒有人敢對我多說什麼。

一開始，泰勒先生頒發了幾個體育獎項，接著艾拉拿了兩張證書，一張是音樂考試成績優異，一張是表揚她的南非地理專題。

「本校的學生真是優秀，」泰勒先生在頒完最後一個獎項時說，「克勞瑟中學有天分的學生真的非常多……」

我在位子上坐立難安。我看了一下時鐘，還有十分鐘才結束，但時間卻慢得像永恆。

　　「歷史告訴我們，人在非常年輕時就能展現天分，」他繼續說，「有人知道莫札特幾歲開始作曲嗎？」

　　幾個人看了艾拉一眼，開始竊笑。有三個人舉手，泰勒先生指了中間那位。

　　「34歲嗎？」他說。泰勒先生笑著搖搖頭。

　　「莫札特5歲時就開始創作了，很不可思議吧？」他說。大家都沒反應，因為我們都在等朝會結束。

　　「我很高興克勞瑟中學也有自己的『莫札特』，不過是藝術界的莫札特，你在哪裡呀，柯爾？」

　　每個人都轉過來看我，我在位子上不安的扭動。

　　「可以請你起立嗎？」泰勒先生大喊，並伸長脖子尋找我。我低著頭，慢慢站起來。

　　「啊，在那裡。應該有不少人知道，柯爾已經在著名的瑪莉卡藝廊賣出了一幅畫，而且正在畫第二幅，很快就會進行拍賣，對吧，柯爾？」

　　我點點頭但沒有抬頭，我是不可能開口說話的。

　　「由於柯爾有驚人的繪畫能力，瑪莉卡・洛夫決定資助我們的美術組，培養學生的天分。請大家為柯爾鼓掌好嗎？」

　　我抬頭看見禮堂周圍的老師都在對我微笑、熱情鼓掌，但附近的同學都不情願的拍著手，有幾個還打了呵欠。我等了幾秒之後坐下，努力讓自己矮一點。泰勒先生宣布了幾個有關體

育比賽的注意事項之後，朝會便結束了。

「哎喲，畢卡索耶！」亞契在大家回去上第一堂課時說，「明日之星是誰呀？」

大家都開始笑，直到有老師叫他們安靜。接下來的一整天，當別人講這件事時，我都試著露出微笑或跟他們一起笑，但這樣真的好累。我在走廊上被法蘭頓太太叫住。

「柯爾！你待會要來我的教室畫畫嗎？如果你需要幫忙的話，我有一些想法喔！」

幾個學生停下腳步，想聽我怎麼回話。

「今天不行，我有事要忙。」我說，然而真正的情況是，我再也無法繼續面對空空的畫布。

回到家時，媽已經到家了，她跟爸在廚房，我走進去時嚇了爸一跳，所以我想他們應該是在討論我的事。

「柯爾！」爸的視線掠過媽的肩膀，望過來說，「你在學校還好嗎？」

「還好。」我說，雖然我今天其實過得很糟。

餐桌上有一份《每日話題報》，他們一定都看了凱西的報導。

「親愛的，我們要跟你談談。」媽說，「我跟你爸討論過了，我們認為第一張畫的錢應該全部交給你，我們這週會幫你開好帳戶。」

「什麼？這太蠢了吧！熱水器要修，家裡也需要裝修一下啊……」我大聲說，「而且妳又快失業了，我們要怎麼辦？」

爸嘆了氣。

「但這不是我們的錢，」他說，「是你的。」

我把手抱在胸前，「這樣的話，修熱水器的錢就由我來付。」

媽露出微笑，「你很貼心，柯爾，但我們已經決定了，他們在報紙上說──」

「我才不管他們在報紙上說什麼，那是我的錢，要怎麼花是我的事，我選擇把錢花在家裡，好嗎？」

媽想過來抱我，但我後退了一步。她望向爸。

「這筆錢可以幫到我們，珍妮。」他說，「也許我們可以之後再還他？」

「道格，我再幾週就要失業了，這樣要怎麼還錢？」

「那就更需要用這筆錢了！」我說。

媽一下看著我，一下又看著爸。

「而且，」我說，「我第二張畫的價格會比第一張高更多，你們不是看到瑪莉卡說的話了嗎？『會擁有巨大的財富』，她是這麼說的！我們要變有錢了！」

媽鬆了一口氣，笑了出來。

「如果下一張畫賣了更多錢，大部分的錢就歸柯爾吧。」她說。

「如果？」我笑著說，「一定會賣一大筆錢的！」

爸也笑了起來，「就是這種精神！我們家總算有點好運了！」他說。

「我們也可以找人來看看洗衣機，」媽眼神發亮的說，「脫水的時候一直卡住，你也需要換新的床墊，柯爾。也許我們可以在客廳鋪一張小地毯，我討厭家裡的舊地毯。」

　　「一定要裝修一下客廳，」我說，一邊想著報紙裡的照片，「這一定要優先處理，我們也要穿好看的衣服去藝廊，高級一點的。」

　　爸摟著媽，他們看起來比平常還高，好像可以飄到天花板，好像他們肩膀上的巨大重擔卸下了。

　　「謝謝你，柯爾。」媽說。他們緊緊抱住我，我閉上眼睛，感覺肚子一陣翻攪。我想跟他們說我很擔心，說我不知道能不能再畫出什麼，但又不知道該怎麼說。

CHAPTER 19

我就是畫不出來

接下來的一個半星期，我都提早一個小時到學校，休息時間和放學後的一個小時也在畫畫。到了星期五，我已經傳了三張照片給德倫，分別是〈粉紅天空〉、〈紅色天空〉和〈綠色天空〉，德倫每次都說瑪莉卡覺得不太行。

 德倫

> 瑪莉卡要你忘掉第一張畫，試試新的東西。
> 用心來畫。

我沒有回覆。沒過多久，他開始覺得不太對勁。

 德倫

> 柯爾，如果你需要更多時間，請馬上告訴我。
> 再過幾天就要發表了，如果到時候沒有東西可
> 拍賣，那會很糟的。

我馬上打字回覆。

 柯爾

不，一切都很好！進行得很順利！這幅畫會很用心，也會讓人問很多問題的！我會盡快傳照片給你！

星期三放學後我又回到美術教室，離拍賣只剩三天了。

「柯爾，我在想，」法蘭頓太太坐在辦公桌前說，「我們何不打給洛夫小姐，跟她說你有點找不到這張畫的靈感呢？如果你需要更多時間，她一定能理解的。」

我在畫布上下筆，沒有抬頭看她，我身後有一堆畫壞的畫布。

法蘭頓太太不了解，我最缺的就是時間，博物館就要關閉了，我們需要錢，非常緊急。

我搖搖頭。

「不用了，這張會比之前的更好。」我說，「我在畫新的東西。」我放下畫筆、後退一步。法蘭頓太太站起來走到我旁邊，這次我畫的是美術教室架子上的水壺，不過看起來比較像巨大的人形軟糖。

「這樣是行不通的，柯爾。我想……我想你壓力太大了，也努力過頭了。」

「我沒有努力過頭。」我生氣的回她。我拿起畫筆，再畫

一次。她懂什麼呢？不過就是個愚蠢的美術老師。瑪莉卡來學校的時候根本沒有把她放在眼裡！

　　法蘭頓太太站在那兒一陣子，之後回到她的位子上。我又畫了幾筆，然後把畫筆一扔、抓起書包。我受不了了。

　　「記住我的話，柯爾。」法蘭頓太太說，「你可以請他們給你更多時間，這不代表你要放棄呀！」

　　「我沒事，老師。」我說，並把門關上。

　　回到家時，爸問我可不可以照顧一下梅寶，讓他去買拍賣會要穿的衣服。媽已經幫我訂購了衣服，我放在房間裡，沒有打開。

　　「畫得怎麼樣了？」他說。

　　我努力擠出最大的笑臉，「很棒！」我說，「我很滿意。」

　　爸露出笑容、握住我的手臂。

　　「太好了，柯爾。」他說，「我們都非常以你為榮。」

　　樓上傳來哐噹聲，梅寶好像在我的房間裡。

　　「最好別讓她亂動德倫帶來的顏料，」爸穿起牛仔外套說，「我剛才就發現她跑到你房間。」

　　我看著他把手機和鑰匙放進外套口袋，我好想跟他說點話，我想緊緊抱住他的腰，跟他說我畫不出來，我讓大家失望了。爸轉過來面對我時，我深吸了一口氣。

　　「謝了，兒子。」他說，「你真的為這個家帶來了希望，我們不會忘記的。」他撥亂我的頭髮，接著打開家門。門一關

上我就跑上樓，梅寶坐在我房間的地毯上，面對著地上的一張畫布，一隻手拿著打開的紅色顏料，另一隻手拿著灰色顏料。

「梅寶！妳在做什麼？」我大聲說。

「跟柯爾一樣畫畫！」她用大大的笑臉說。

「不！」我大聲說，「這些顏料很貴耶，不是給妳玩的，**馬上放下！」**

梅寶看著我，再看看手裡的顏料管，還有地上新的空白畫布。誘惑實在太大了，於是她微微吸了一口氣，就開始擠顏料。兩坨紅色和灰色的顏料噴到畫布上，我們都盯著畫布上的顏料。梅寶把顏料管放到紙盒蓋子上，然後用手指去抹畫布上的顏料。她慢慢的上下畫圓、把顏料抹開，在畫布兩邊弄成兩道長長的橢圓形。

「梅寶！別弄了！」我說，「妳弄得亂七八糟的！」她沒有理我，還用小小的手指在畫布上輕敲，看起來就像一點一點的小雨滴。

「妳沒聽到嗎？」我說，「妳不可以碰別人的東西，等我跟爸媽說，他們一定會氣炸！」

她看著我，再看看她的畫。

「這是柯爾，」她指著一大團紅色顏料說，「這是梅寶，」再指著灰色顏料，「我們在抓蝴蝶！」

我看著畫布，她在畫我們玩她最喜歡的遊戲，而指尖弄出的小圓點是蝴蝶，不是雨滴。

「柯爾，現在可以玩蝴蝶遊戲嗎？」她說。如果有什麼事

情我真的、真的不想做，就是玩那個蠢遊戲。

　　「如果妳真的很小心很小心，就可以繼續畫畫，好嗎？」

　　妹妹噘起嘴，眼神閃閃發亮，接著抓起箱子裡的畫筆。

　　「等一下，我去拿報紙，這樣就不會把顏料弄到地上。」我說，「先別碰任何東西。」我快速跑下樓，拿了餐桌上的《每日話題報》，回到房間把它攤在地上，再放上梅寶的畫。

　　「柯爾也畫？」她說，一邊在畫布上移動畫筆。

　　「不行，我試過了，但就是畫不出來。」我說，「梅寶，我讓大家失望了，瑪莉卡、學校、爸、媽、妳……所有人，他們都覺得我很特別，但其實不是。」

　　我看著妹妹無憂無慮的畫畫，感覺所有擔憂都像泡泡一樣冒到喉嚨邊。有滴眼淚從臉頰滑落，我趕緊把它擦掉。

　　「瑪莉卡真是大錯特錯，」我繼續說，「我不是藝術天才，那張畫只是歪打正著。我沒有畫可以帶去拍賣，大家都會發現真相，知道我是個大騙子。媽會結束博物館的工作，我們也會沒錢，然後……」

　　我沒有把話說完，一想到媽要失業了就讓我好想哭，而我不想在梅寶面前哭。不過她實在畫得太投入，根本沒有注意到我。她坐回地上，蘸滿顏料的畫筆掉到報紙上。

　　「妳知道嗎，梅寶？」我吸著鼻子說，「妳畫得真不錯。」

　　她的顏色明亮又清晰，看不出明顯的主題，所以絕對會讓你想問問題。梅寶又拿起畫筆，輕輕塗在畫布上，在我們的橢

圓形身體旁邊畫了兩個歪歪的三角形。

「這是抓蝴蝶的網子嗎？」我問。梅寶點點頭，接著又多畫了幾筆。但沒過多久，她的注意力就被手指上的顏料吸引過去，對畫布不感興趣了。

「來吧，該把妳弄乾淨了。」我說，蓋上顏料管的蓋子。

她盤腿坐在地毯上看著我，緊身褲上到處都是一點一點乾掉的顏料。

「爸爸、媽媽會罵梅寶。」她說，一邊看看我又看看她的畫。

「如果妳想，我可以把它藏在我的床底下，」我說，「當作我們的小祕密，如何？」

她露出笑臉，把手指放在嘴脣上。

「噓！」她說，並且因為我們之間有了祕密而興奮得扭動，接著突然抓著畫、高舉起來。

「小心，梅寶！妳全身都是顏料，會弄壞的。」我說。她把畫放下，在一個角落留下了半個紅色手印。

「噢，」她難過的說，「我的手髒髒。」

「沒關係，」我說，「還是很好看。去浴室吧，我會幫妳弄乾淨。」她跳了起來，蹦蹦跳跳的走向樓梯旁的走廊。我又好好的看了一下她的畫，接著放到沒有人看得見的床底下。

CHAPTER 20

模仿梵谷

那天晚上吃晚餐時，媽讓我們先看一下她為拍賣會買的洋裝。紙袋又厚又有光澤，再配上白色提繩，連這個袋子都很高級。她把洋裝拿出來往身上一比，在廚房裡翩翩起舞，深綠色的洋裝在燈光下閃著微光。

「哦！」梅寶看得目不轉晴。

「真好看，媽。」我說，一邊把晚餐撥到盤子邊緣，我實在不餓。

媽露出笑容，把洋裝放回袋子裡。

「德倫說他們要請司機開車過來，」媽說，「有司機耶！要來接我們！」

「真的啊？」爸說，他們開始像孩子那樣笑了起來。我也一起微笑，然後推開盤子站起來。

「我要去完成我的畫。」我說，試著讓自己聽起來開心一點。

媽坐回椅子上。

「噢，畫在家裡嗎？」她說，「可以讓我們看看嗎？」

「啊，還不行！」我笑著說，假裝在開玩笑，「還沒畫完！」其實是根本還沒開始畫，我這樣對自己說。爸媽都笑了，梅寶也跟著笑，雖然她大概不知道為什麼要笑。

我回到房間，從德倫帶來的美術用品箱裡拿出一張畫布，再鋪更多報紙到地上。

就看這次了，沒有時間了。德倫已經傳了訊息給我，說明天早上要看到照片，不然他們就會取消活動。無論我現在畫出什麼，都必須好到能夠在星期六的拍賣會登場。

我東看西看，尋找靈感。房間的一角有張老舊的木椅，我從來沒坐過，只是用來放髒衣服。我記得小學有教過梵谷這位畫家，我也確定他畫過椅子。梵谷還有很多畫作，像是亮黃色的向日葵，還有布滿閃亮星星的寶藍色天空，那幾張我都很喜歡。他生了重病，還切下自己的耳朵，我記得聽到這裡的時候全班都沉默了，顯然他在去世之前，根本不知道自己的畫這麼讓人喜愛。

我用手機搜尋梵谷的畫作，他畫過放在椅子上的菸斗，於是我把椅子上的髒衣服推開，在上面放了一顆網球。我跟爸以前會帶著這顆球，到側公路運動場玩丟球遊戲，當時那裡還沒蓋公寓。

我坐在地上，深吸一口氣後開始畫畫。

兩小時後，我看了看最後的成品，一張要為大家賺很多錢的畫。畫中的椅腳看起來不太穩，球的綠色顏料也跟椅子的咖

啡色混在一起，於是我多塗了幾次，但愈塗愈糟。我感覺眼淚滑落臉頰，但又聽見有人走過來的腳步聲，所以趕緊擦掉。

我聽見輕輕敲門的聲音，媽出現在門邊。「我剛哄梅寶睡覺，」她說，「畫得還好嗎？」

「很好。」我說謊，一邊起身擋住她的視線，「別看，我想等畫完再給妳看。」

「好，不過記得明天一早就要傳照片給德倫，好嗎？」

我點點頭，什麼話都沒說。我想對她微笑，但心裡一團亂的時候實在很難做到。我很想直接告訴她真相，說第一張畫完全是運氣好，瑪莉卡看見的是我不小心弄出來的東西，我畫不出一樣的。我想說我討厭畫畫，再也不想畫了。可是媽要失業了，我們很快就會沒錢，還有一堆帳單要付，大家只能靠我了，我不能在這時候放棄。

「再畫一小時就休息一下，答應我好嗎，柯爾？」她說。

「好。」我說，她便輕輕關上房門。

一小時後，我放下畫筆。我已經讓網球看起來圓一點了，但椅腳就是畫不好，有些地方還是歪的，不過也只能這樣了。瑪莉卡會怎麼想呢？她還會認為我是「優秀的藝術新星」嗎？我真的很懷疑。

我小心的把畫放到床底下，然後下樓。爸在沙發上睡著了，媽在看一個介紹企鵝的野生動物節目。

「一起看一下嗎？」她說。

我看著電視，那裡下著暴風雪，有一群企鵝在怒吼的狂風

裡站立不動，一隻灰色的企鵝寶寶好像走丟了，牠逆風繞著一群成年企鵝，呼喚媽媽。其他企鵝都帶著自己的孩子，讓牠們舒服的窩在腿間。那隻小企鵝繞著牠們，張開小嘴對每一隻企鵝發出唧唧叫聲，可是那些大企鵝都低著頭，抵擋紛飛的白雪。

「我想去睡了，」我說，「我好累。」

媽轉過頭來。

「好，親愛的。」她說，「你知道嗎，我真的很以你為榮。我知道過去幾個星期你有點壓力，但你表現得很棒，你應該以自己為榮。」

「謝了，媽。」我說。她轉頭繼續看電視，我看著那隻企鵝寶寶去找一隻又一隻的大企鵝，但沒有一隻願意幫牠。

那天晚上，我夢見自己一個人站在冰凍的荒野上，我低頭一看，身上只穿著睡衣。我把雙手抱在胸前取暖，赤裸的雙腳在冰冷的雪地裡扭動。周圍是一望無際的白雪，就像空白的畫布。我轉頭看見一個黑色的小影子往我這裡接近，我看不出來那是什麼，但它發出了聲音，好像在說話。

「我聽不到！大聲一點！」我大喊，那個東西愈來愈近。

我把頭轉到一邊試著聽清楚，那個影子搖搖晃晃的在風中努力前進。然後我就聽見了。

「唧唧！唧唧！」

是那隻企鵝寶寶。我跑了過去，在冰雪中狼狽的前進。

「別擔心！我會幫你的！」我在怒吼的風中大喊。我的腳踩進雪裡，可是無論我跑多快，那隻企鵝寶寶還是離我好遠，我沒辦法靠近。我再跨一步，結果一頭栽進雪裡。

我從夢中驚醒，開始發抖。我的被子落在地上，房間就像雪地一樣冷。我翻身打開床頭的燈，然後伸手撈我的被子。我的畫凸出床底一小角，我小心的把它拿出來，想再看看它是不是真的這麼糟；但那不是我的畫，而是梅寶的，是我們玩蝴蝶遊戲的畫。我看著畫，接著把它放回床底下。

CHAPTER 21

藏在床底下的畫

早上8：15，門口傳來敲門聲，我聽見爸的聲音。

「哈囉，梅森，上來吧。」

我的畫放在房間中央的地板上，我聽見梅森上樓的腳步聲。

「就是這個嗎？」他走進來說，「椅子？你的〈卡其色天空〉還是什麼顏色的天空呢？」

「瑪莉卡不喜歡，」我咕噥著。

梅森蹲下來仔細看我的畫。

「應該不差吧，」他說，「我是不會花5英鎊買這張畫啦，不過……如果有人品味奇特，誰管得著呢？」

我知道他想逗我笑，但我實在沒心情聽笑話。我只睡了幾小時，也很擔心畫會被瑪莉卡否決。如果她不喜歡，那就結束了，沒有拍賣會也沒有錢。這時，梅寶突然出現在我的門邊。

「哈囉，梅寶，」梅森笑著對她說，「妳好嗎？」

梅寶害羞的低下頭，她跳進房間站在我旁邊，小手放在我

的肩膀上，我則滑著手機。

「梅寶好髒！」她說。

「妳好髒？為什麼呢？」梅森說。他跟梅寶說話的時候都會拉高嗓子，我想，這樣跟小孩說話，他不會比較輕鬆吧。

「我畫畫，手全部都是顏色！」她說，一邊對著梅森動動小手，他也笑了出來。「我的手髒髒！」她說，並用力拍大腿，就像在畫布上蓋紅色手印。

「那改天要給我看妳的畫喔，」梅森說，「我想看。」

梅寶輕輕跳了三下，地板發出吱嘎聲，接著砰的一聲跪下來。「在這裡！」她壓低音量說，接著爬到床底下把畫拿出來。

「噓！」她說，「是祕密，媽媽和爸爸說不要碰柯爾的顏料，因為他在做很重要的事。」

梅森對她微笑。

「噢，梅寶，畫得太棒了，」梅森說，「我覺得畫得比柯爾好，妳覺得呢？」

梅寶看看我的畫，再看看她的畫，接著點頭。梅森笑了出來。

「這個是我，這個是柯爾，」她指著畫裡的幾個形狀，「我們在玩蝴蝶遊戲！」

「是喔……」梅森說，顯然不太懂她在說什麼。梅寶的信心大增，她跳起來抓住梅森的手。

「來看蝴蝶遊戲！」她拉著他說。

「好吧，不過我們待會就要去學校了。」他說，同時被梅寶拖出房間。

　　我低頭看著地板上的畫，發現我還沒簽名。我從箱子裡拿了一枝畫筆，在筆尖擠上一小坨深藍色顏料。我看著畫，接著深吸一口氣，小心翼翼的在左下角畫上彎彎的C。我拿起手機，拍照傳給德倫，再把這兩張畫推回床下。

CHAPTER 22

全新畫作〈捕捉〉

　　我整天都在煩惱畫的事，要是瑪莉卡不喜歡怎麼辦？他們會取消拍賣會嗎？到時候會怎麼樣？不過我很清楚會怎樣，媽會結束她的工作，我們銀行裡的錢也會歸零。

　　化學課時，我想偷看手機看德倫有沒有回覆，但差點被抓到。我可不希望手機被沒收，所以我把它塞到書包底，想忘掉這件事，只要等到放學就行了。

　　最後的鐘聲響起，我抓起東西跑到教室外、推開沉重的門，走到運動場。

　　「柯爾！你今天可以來博物館嗎？我要跟你討論下一條線索。」是艾拉，她一定是追著我過來的。我完全忘了要解開〈油畫祕辛〉這件事，在卡諾卜罈裡發現紙條感覺好像是上輩子的事了。

　　「抱歉，艾拉，」我說，一邊開啟手機，「我今晚沒空。」

　　我看著亮起來的螢幕，接著輸入密碼，抬頭時發現艾拉已

經不見了。我有點愧疚，不過我的事情真的夠多了，最要緊的是瑪莉卡到底喜不喜歡我的畫。

螢幕上跳出一則訊息。

 瑪莉卡

> 你做到了，柯爾！我很喜歡，這是用心畫出來的，而且很有故事感。你做得很好！德倫今天會過去拿。畫名是什麼？我們會在拍賣會開始前進行盛大的揭畫儀式。

我露出笑容，往空中揮了一拳。她愛這張畫！如釋重負的感覺沖刷著我，一切都會沒事的。我快速想了畫名，回覆給她。

 柯爾

> 很高興妳喜歡！它叫做〈捕捉〉。為什麼要到拍賣時才讓大家看呢？

嗶聲響起，她傳訊息來了。

 瑪莉卡

> 為了製造效果呀！相信我，大家都會搶著看柯爾·米勒首次公開的〈捕捉〉。

這讓我緊張了起來，萬一畫在拍賣會上公開，卻被大家嘲笑怎麼辦？我的肚子一陣翻攪，只能寄望瑪莉卡靠得住了。

　　我回家時，爸來到門邊，他的笑容都快碰到耳朵了。

　　「柯爾！你猜發生什麼事？熱水器修好了，我們終於有熱水了！」他擁抱我，我也緊緊的抱住他。

　　「太好了，爸。」我說。

　　「水電師傅說以後還是得把管線全部換掉，不過這個冬天應該沒問題。」他親了我的頭，又幫我脫下外套。

　　「噢，德倫打來說半小時後會來拿畫，我可以先看一下嗎？」

　　「嗯，不行。」我說，「瑪莉卡希望拍賣會上才公開。」

　　爸皺起眉頭。

　　「但我沒有要競標，不是嗎？」他笑著說，「我是你爸耶，我想在有名的兒子變得更有名之前先看一下嘛。」

　　他撥亂我的頭髮，我討厭他這樣。梅寶出現在二樓的樓梯口，她往下看，手裡有抓蝴蝶的網子。

　　「蝴蝶遊戲！」她說。我發出哀嚎。

　　「可以克制她一下嗎？」我說，一邊踢掉腳上的鞋子，「她一直纏著我，要我跟她玩那個蠢遊戲。」

　　爸看著我，「你沒事吧？」他說。

　　「沒事。」我生氣的說，「我只是不懂，星期六就會有盛大的揭畫儀式，為什麼你還想先看那張畫，就只是這樣。」

　　我跑上樓，我以為爸會來敲門，但他應該是覺得聽我的比

較好，所以沒多久就傳來他準備晚餐的聲響。

　　大約過了半小時，我聽見德倫來家裡的聲音，於是趕快跪下來，拿出床底的畫端詳著。就是這張了，已經無法回頭了。接著，我走到走廊上聽他們說話。

　　「聽說瑪莉卡希望給大家一個驚喜啊？」爸說。

　　「是的，米勒先生，我們會在拍賣前揭畫，這對柯爾和瑪莉卡藝廊來說都是很好的宣傳。」

　　「他連看都不願意讓我看呢！」爸乾笑著，「不過你們是專家，應該很有把握才是。」

　　我用手臂夾著畫，準備下樓，梅寶也從廚房跑了出來。

　　「你的眉毛好粗喔！」她對德倫說。他笑了出來，不經意的用手背擦過額頭。我妹真是丟臉。

　　「好吧，我們最好別礙事，以免看到畫毀了驚喜，對吧，梅寶？」爸說，一邊牽起梅寶的手，「謝謝你過來拿畫，德倫，明天拍賣會上見。」他們往廚房走去。我跑下樓，德倫拿出黑色布袋，我小心的把畫放進去。

　　「謝了，柯爾，這張畫太棒了，一定會在藝術界掀起一股巨大的熱潮，明天將會是你年少時期最重大，也最美好的夜晚！」德倫說，「我該回藝廊準備了。」他打開門，接著又轉回來。

　　「拍賣會見，柯爾。」他說，並拍拍我的手臂，「我要再說一次，你做得很好。」

　　「謝謝，」我用沙啞的聲音說，「拍賣會見。」

我關上門、深吸一口氣。

＊　＊

那天晚上我很早就上床睡覺，媽走進我的房間，想確認幫我訂的衣服合不合身。她挑了藍色棉襯衫和深藍色長褲，還有一雙好看的黑鞋子。我說衣服都沒問題——雖然我根本沒試穿過——然後就翻身望著牆壁。

「你還好嗎，柯爾？」媽說。她坐在我的床腳，我感覺床墊往下陷了一些，「我等不及要看你的畫了，我們大家都會很驚喜的。我知道你一定很緊張，不過你真的沒什麼好擔心的，瑪莉卡很喜歡啊。」

我們沉默了一陣子，我翻過身來。

「媽，去拍賣會的時候，梅寶可以待在家嗎？」

「待在家？為什麼？」媽說。

我坐了起來。

「她年紀太小了，我們會很晚才回來，而且……嗯，她好丟臉，爸有跟妳說她怎麼說德倫的眉毛嗎？」

媽露出微笑。

「柯爾，她才3歲，有些事是可以被原諒的吧？」

「可是她會讓我們很難堪，」我說，「拜託，媽。」

「我們不能丟下她，柯爾，這樣不公平，這場活動對全家來說都是一輩子難得的經驗，她跟我們一樣都很想去。」

我沒有說話。

「我倒是有個小驚喜，說不定可以讓你高興一點。」她笑著說，「我跟德倫說過了，梅森可以一起來。」

「梅森？」我說。

「我以為有最好的朋友一起去你會很高興，」她說，「梅森來不好嗎？」

我沒有說話。

媽撫著我的手臂，但我鑽進被子，把被子拉到脖子上。

「怎麼了，柯爾？你是不是很緊張？」她說。

我聳聳肩，「我只是不想要丟臉的妹妹一起去。」我不高興的看著被子說。

「她會去，別再提這件事了。」媽說，「我很遺憾你覺得妹妹很丟臉，柯爾，不過我倒是很肯定，她對你沒有這種想法。」

說完，她便伸手關掉我的床頭燈。我在黑暗裡翻身蜷成一團，大概睡不著了。我只要閉上眼睛就會看見那張畫，想像大家在揭畫的時候指著它笑。還是說，瑪莉卡可能是對的，大家都會喜歡那張畫呢？我想來想去，頭開始痛了起來。不過有一件事情是肯定的──過了星期六，一切都會變得不一樣。

CHAPTER 23

瑪莉卡藝廊

星期六下午，也就是拍賣的日子，我們的車預計5：00抵達，接我們去倫敦。4：55分時，梅森還不見人影。

「你要不要打給他，問他在哪裡？」媽說，「錯過就太可惜了。」

我拿出長褲口袋裡的手機。

「來不及了，車已經到了！」爸說，他已經往窗外看一百次了。

我跟媽趕緊湊過去看，是一輛有滑門和不透光窗戶的銀色車子。有個穿西裝、戴墨鏡的男人下了車，往家裡走來。

「別讓他發現我們在看！」媽說，一邊偷笑一邊坐回沙發上。她穿著新洋裝，肩上有絲質的披巾，真的很好看。爸穿了深藍色的長褲和跟我身上的有點像的襯衫，但加了一件好看的外套。我剛才見到梅寶時，她穿著白洋裝和閃亮的銀色鞋子，但現在鞋子被丟在沙發上。敲門聲響起，媽發出細細的尖叫聲。

「司機來了！梅寶呢？」她抓起梅寶的鞋子說，「來吧，梅寶！我們要走了！」

梅寶砰砰砰的下樓，她已經換下洋裝，穿著舊吊帶褲和條紋上衣，其中一邊的吊帶滑落，正面還有大大的橘色汙漬。

「這下妳懂我的意思了吧，媽？」我大聲說，「她不能穿這樣去！」

梅寶沒有理我，她坐在最後一個階梯上，把小小的腳塞進銀色鞋子，顯然挺喜歡這雙鞋子的。媽嘆了一口氣。

「妳可愛的洋裝呢，梅寶？」她說，「為什麼不穿了？」

「沒時間幫她換衣服了，」爸抓起鑰匙說，「柯爾，傳訊息跟梅森說我們沒辦法等他了。」

媽打開家門。

「晚安，夫人，」司機說，「我是你們的司機尼克。如果你們都準備好的話，我們就可以上路了。」

媽轉過來對我笑，臉頰紅紅的。

梅寶是第一個上車的，窗邊有個為她準備的幼兒座椅，媽坐到她旁邊，爸則坐在尼克旁邊的副駕駛座。我坐在媽和梅寶後面，撥弄著安全帶。我的窗邊突然出現一張臉，有人輕敲車窗。

「抱歉我來晚了！」是梅森。他上了後座，就坐在我旁邊，臉因為跑步而泛紅。

「我還以為你趕不上。」我說。

「什麼？」他笑著說，「我才不會錯過呢！」

他把安全帶拉過胸前扣好。

「我準備好了！」他大聲對回到駕駛座上的尼克說。車子慢慢前進，我望著我家又破又冷的房子，默默祈禱。

車開了兩小時之後，我們停在一棟很大的白色建築外面，門上的銀色小字寫著「瑪莉卡藝廊」。

「各位，我們到了。」尼克說。

「真是好看。」媽悄悄的說。

入口旁的紅繩子後面站了一小群人，其中幾個在喝外帶的咖啡，脖子上掛著看起來很貴的相機，大家都盯著我們的車子。

「他們是誰？」我問尼克。

「是狗仔，」他說，「他們會到處亂晃尋找名人，再把拍到的照片賣給報社。」

德倫從藝廊的大門走出來，尼克下車幫爸開門，再到旁邊為媽開門。

「歡迎各位！」德倫說，並在媽下車時跟她握手。梅寶很害羞，把臉埋向媽的脖子。

我深吸一口氣後也下了車，一陣閃光突然爆發，我還以為發生了可怕的事，但我發現原來是拿著相機的狗仔。他們緊緊挨著繩子，一位保全伸出手臂不讓他們再往前進。狗仔都在大喊，而且是對我大喊。

「看這裡！柯爾！」

「看這裡，柯爾！看一下鏡頭！看我！」

「柯爾！成為全球知名的藝術家感覺如何？」

閃光燈讓我眼花，我頻頻眨眼，什麼都看不到。他們為什麼要拍我呢？我又不有名！德倫引導我們往入口走去。

「走吧，帶你們進去。」他說，一邊領著我們到接待處。我的心怦怦跳，耳朵也嗡嗡作響。

「剛才是怎麼回事？」媽問，她的呼吸很急促。梅寶嘟起下嘴脣，從媽的肩上偷偷往外看。德倫則是笑了一下。

「他們只是想拍柯爾而已，畫作還沒公開，大家都急瘋了。」

他接著轉向我。

「如果你的照片登上明天的報紙頭版可別驚訝，我說的是每一份報紙喔。這是世界級的大消息呢！大家都想認識柯爾・米勒，這位藝術界的新星！」

他露出笑容，但我沒有對他微笑。我看了梅森跟爸媽一眼，他們都跟我一樣震驚。

「別這麼擔心，各位！我了解受到這麼多關注感覺有點奇怪，但你們會習慣的。」德倫說，「好，該帶你們認識大家了，好嗎？瑪莉卡非常期待跟你們兩位見面，米勒先生、米勒太太。還有柯爾，很多人都想跟你聊聊呢，跟我來吧！」

媽把梅寶放下來，妹妹緊緊抓住她的手。爸把手放在媽的後腰，梅森則是走在我旁邊。我正想問德倫廁所在哪裡時，我們已經進入了一個寬敞的白色會場。會場裡面擠滿了人，他們的頭髮閃閃發亮，穿著看起來很昂貴的服飾，還用又高又亮的

杯子喝東西。每個人都轉頭過來，會場逐漸安靜。

「各位先生、小姐，」德倫大聲說，「我在此榮幸的向各位介紹瑪莉卡的得意門生，柯爾·米勒！」

「『門生』是什麼啊？」梅森小聲的問。

「我也不知道。」我小聲回他。

德倫迅速把梅森、爸、媽和梅寶帶到旁邊，讓我獨自站在大家面前。

人群露出笑容，一邊拿著手裡的香檳，一邊用奇怪的方式拍手。我試著微笑，但感覺像在扮鬼臉，臉也開始發燙。我認出裡面至少有三個演員、一個去年銷售奪冠的饒舌歌手，還有一個在電視上主持遊戲節目的女人。掌聲逐漸消失，有些人朝我走過來，他們的牙齒都白得發亮。

「柯爾！見到你真是太棒了，」穿藍色長裙的小姐說，「你應該很期待今晚吧？」

我對她微笑，「應該吧。」我說。

她左顧右盼後靠了過來，用手遮住嘴巴。

「透露一下吧……你的工作室裡是不是有一堆畫準備要賣呀？我很想收購你的畫……真的很想。」

「嗯，可是我沒有工作室，」我用最高雅的語調說，「我都把畫放在床底下。」

這位穿藍色長裙的小姐對我眨眨眼，接著仰頭大笑。

「噢，傑米！」她跟站在身後的高大男子說，「他真可愛！」

我的家人和梅森推開人群走了過來。

「你還好嗎，小英雄？」爸在我耳邊說。我點點頭，那位小姐轉向媽，我聽到她向媽詢問我們住在哪裡，那位高大的男子則是找爸說話。

「我是傑米・狄肯！」他大聲說。他身穿白西裝和黑襯衫，肚子的鈕扣幾乎要爆開。

「幸會，」爸跟他握手說，「我是道格，道格・米勒。」

「很高興認識你，道格！」傑米大喊，「你們今晚一定很興奮吧？」

他好像沒辦法用一般的音量說話，我想他應該經常參加鬧哄哄的派對。

「是啊，我們都很興奮，對吧，柯爾？」梅寶來到爸旁邊拉他的手，他便將她抱起。

「那你是做什麼的呢，道格？」傑米好奇的看著爸說。

「做什麼？」爸說。梅寶開始拉爸的耳垂，先拉一邊，再伸手過去拉另一邊。

「別這樣，梅寶。」爸小聲的說。

我抬頭看爸，他把梅寶的手從耳朵上拿開。

「啊！」爸說，「你也看到了，我都在忙這個小傢伙。」

傑米停頓了一下，接著爆出笑聲，這大概是我聽過最宏亮的笑聲。

「不，老弟，」他說，「我說的不是現在，是你的工作，你的職業啊！在市區嗎？是金融業嗎？」

梅寶不拉爸的耳朵了，她盯著那個男人看。爸換另一隻手來抱她。

「我現在是全職爸爸，」爸說，「我太太珍妮在上班，我則是……嗯，照顧孩子。」

傑米眨了眨眼，接著停頓一下。

「為什麼呢？」他說。

「你也知道托嬰有多花錢吧，」爸笑著說，「找到能兼顧孩子的工作之前，我們認為最好還是——」

但是，傑米這時顯然在人群中看到了認識的人。

「碧嘉！」他大喊，完全無視話講到一半的爸，接著就往會場的另一邊走去。等他消失在人群裡，群眾又漸漸分開，並安靜下來，有人走了過來，是瑪莉卡。她穿著跟去學校參訪時類似的寬褲、高跟鞋和襯衫，不過這次全身都是灰色的，我突然覺得〈藍色天空〉似乎是好久以前的事了。我看著她跟爸媽打招呼、握手，給他們最大、最溫暖的微笑，然後朝我走過來。

「你好嗎，柯爾？」她說，並摟了我一下。

「嗯，我很好。」我用沙啞的聲音說。我左看右看，家人和梅森都被擠進人群裡了。

「你應該感到驕傲才是，」她說，「這張畫真的很不可思議，有好棒的故事。」

我點點頭，感覺喉嚨很乾，吞口水好痛。有個人出現在我們面前，是德倫。

「可以打斷妳一下嗎，瑪莉卡？」他說，「我們想在揭畫之前讓柯爾和蓋住的畫一起拍照。」

「蓋住？」我說。

「畫上面蓋了一塊布，」瑪莉卡說，紫色的眼睛閃閃發亮，「我們要在拍賣開始的時候揭畫。」

我心跳加速，接著望著這裡的所有人，他們都在等著買我的畫。

「我其實有點擔心那張畫。」我衝口而出，「我⋯⋯我不確定該不該拍賣這張畫，我⋯⋯我覺得這不是我最好的作品。」

瑪莉卡和德倫都眨眨眼，接著瑪莉卡大笑了起來。

「我們當然要拍賣呀！」她說，然後壓低嗓子，「別擔心，柯爾，這裡有很多有錢人準備花大錢買你剛成名的作品，要有信心，你可是百年難得一見的奇才。」

我開口準備說「可是我沒有信心」，但德倫抓起我的手臂，帶我走向會場前方。穿過人群時，我聽見大家興奮討論我的耳語。

「你看，伊薇，是他！」

「他好小喔，真的有12歲嗎？」

「這麼年輕就這麼有才華，太驚人了吧？」

「聽說他家很窮，好個白手起家的故事啊！」

「對，爸爸沒工作，媽媽也快失業了。」

我低著頭，德倫用迷人的笑容把大家擋在一旁。

我們來到打著聚光燈的小舞台，我的畫掛在白色的牆上，用一塊黑布蓋著。這時有位攝影師出現，立刻對我發號施令。

　　「站到畫的左邊，身體轉向我，把手插在口袋。」她厲聲說。我走到牆邊，深吸一口氣後轉身面對攝影師。我在會場裡尋找家人的身影，但只見到媽的頭頂，她沒有往這裡看。

　　「手插進口袋。」攝影師說，「往旁邊轉一點點……再一點……再一點……」

　　我僵硬的轉身，她在我附近移動，拍了一堆照片。她往前進，又退後一點，然後叫我回頭從肩膀上回望過去。相機的閃光燈讓我流了眼淚，我馬上用袖子擦掉。

　　我在閃光中眨眼。突然間，我看到媽了，她就在攝影師後面，看起來很擔心。德倫看到媽之後便雙手一拍。

　　「好，妳應該都拍到了。」他說，「來吧，柯爾，這裡就交給瑪莉卡，該進行揭畫儀式了！」

　　耀眼的聚光燈和閃光燈讓我頭昏眼花，有人遞了一杯水給我，我接過來喝了一大口，是梅森。

　　「你還好嗎？」他問。我搖搖頭。

　　「我想回家。」我跟他說，但已經來不及了，拍賣會就要開始了。

CHAPTER 24

隆重的揭畫儀式

　　我站在畫旁邊往人群望去，爸媽在正前方帶著驕傲的笑容抬頭看我，梅寶穿著銀色的新鞋在他們身邊跳來跳去。

　　有人輕敲香檳杯，大家都安靜了下來。這時，有位小姐走到講桌前並打開麥克風。

　　「她是拍賣官，」瑪莉卡來到我身邊悄悄的說，「她是全國最厲害的拍賣官之一。」

　　「各位先生、小姐，請看過來好嗎？」那位小姐說，「若您有意參與拍賣，請出價前先拿出本拍賣會的買家手冊，參考裡面的條款。」

　　她拿起一本小手冊，封面照片是蓋著黑布的畫。幾個人開始翻閱，拍賣官繼續說話。

　　「在我們揭露這幅精采的畫作以及競標之前，我要將麥克風交給促成這場盛會的功臣，瑪莉卡・洛夫。」

　　瑪莉卡在掌聲中走向講桌。

　　「謝謝。」她對著麥克風說，「觀迎來到我的藝廊，各位

都知道，今晚會場有一位非常了不起的少年。」

　　我不確定該往哪裡看，便讓視線在人群中游移，發現有好多人在對我微笑，露出一排排的牙齒。我繼續聽瑪莉卡說話，試著保持微笑。

　　「這位少年有難得一見的天分，此時此刻，我們非常幸運，能夠見證他藝術生涯的起步階段。」

　　又是一陣零星的掌聲。

　　「但在我們開始之前，我想問問柯爾，今晚這幅即將拍賣的畫作，他的靈感來源。」

　　我緊張的大吸一口氣，她沒告訴我要發言啊！我跟媽對上了眼，她點頭鼓勵我。

　　「柯爾，我們都很想聽你說話，可以先告訴我們這幅新作的名字嗎？」

　　我往觀眾望去，在炫目的燈光下眨眼，接著靠近麥克風。

　　「它叫〈捕捉〉。」我用飄忽的聲音說。

　　人群發出一陣陣的「噢」，接著又響起掌聲。我看著媽，她現在抱著梅寶。

　　「柯爾，」瑪莉卡繼續說，「那你可以跟我們分享〈捕捉〉的靈感來源嗎？」

　　我停頓了一下，思考該說什麼，還有這些藝術愛好者希望我說些什麼。

　　「〈捕捉〉是在畫……在畫我的家人，還有……」我看見梅森在對我笑，「……友誼。」

瑪莉卡熱情的點頭。

「還有，〈捕捉〉這個畫名，柯爾，可以解釋一下畫名的意思嗎？」

「我想……它就像……遊戲，」我慢慢的說，她點點頭，「要有兩個人才能玩傳球遊戲，就好像，嗯，你需要朋友和家人，才能玩……人生……這場遊戲。」

人群發出好大聲的「啊」，並開始拍手。

我大吐一口氣，真是一堆鬼扯，但結果好像還不錯。我跟瑪莉卡站在畫旁邊，拍賣官也回到麥克風前。

「大家一定都很渴望親眼欣賞〈捕捉〉，馬上開始競標吧？」拍賣官說，「柯爾，可以請你在倒數之後揭畫嗎？」

我靠近牆壁，抓住黑布的一角。

就是現在了。

我要讓全世界看到這幅畫了，順利的話，我們所擔心的事都可以解決了。

我抬頭看，一大片發光的手機對準了我，大會的攝影師也在最前面，準備用相機捕捉這一刻，直到永遠。

「各位先生、小姐，大家一起倒數好嗎？」拍賣官問。

「三、二、一！」觀眾大喊。我拉掉黑布，柯爾‧米勒的〈捕捉〉就呈現在大家面前。

人群傳出陣陣驚呼，接著是沉默。

我緊閉雙眼，根本不敢看。他們一定覺得很爛！沒錯，一切都結束了，我失敗透頂。

我深吸一口氣，準備接受大家的嘲笑，但突然聽見如雷的掌聲。我張開眼睛眨了眨，大家都在對我笑呢！我感覺自己的嘴脣彎了起來，我也對大家微笑，接著再次在人群中尋找家人。媽跟梅寶一起搖來搖去，臉上滿是笑容；爸的雙手互相搥著，然後向我揮手，我也對他揮手。

　　然後我看到了梅森，他站在爸旁邊，下巴垂在半空中盯著畫看。他看看我又看看畫，然後又看著我，我們四目相交。他慢慢閉上張大的嘴巴，我在人群中讀出了他的脣語。

　　「你幹了什麼好事？」他搖著頭說。

CHAPTER 25

拍賣會

這陣掌聲實在太大，感覺都震到我的肋骨裡去了。當掌聲開始消退，拍賣官便開始說話。

「終於親眼見到了，各位，」她說，「柯爾·米勒的〈捕捉〉被譽為當今最受歡迎的成名作之一，我們的起標價格是10,000英鎊，現在誰要開始出價呢？有人要出11,000英鎊嗎？」

什麼？！已經10,000了？我看著一個揮舞著小手冊的男人。

「這位先生出11,000英鎊⋯⋯有人要出12,000英鎊嗎？」

價格不斷攀升，我望向爸，他瞪大眼睛對我比了讚，梅森則把手抱在胸前。

「⋯⋯現在是17,000英鎊，有人出18,000英鎊嗎？」

18,000英鎊!?競標價格真的跳得非常非常快，我在聚光燈下感覺愈來愈熱，於是慢慢走到旁邊，離開刺眼的光線。我看見梅寶在媽的懷裡想說些什麼，但媽搖搖頭，梅寶也不願意妥

協。

「有人要出26,000英鎊嗎？」拍賣官繼續說，「以26,000英鎊抱回這幅精采的——」

「40,000英鎊！」一個男人從後方大喊。

有人笑了，接著歡呼起來。拍賣官看起來很震驚，我想這應該不是拍賣會上常見的狀況。

「好吧，先生，如果你想跳到更高的價碼，我也沒有意見。各位先生、小姐，柯爾·米勒這幅精采的畫作〈捕捉〉現在來到了40,000英鎊，有人要出45,000英鎊嗎？這個價格真的很驚人……」

我真不敢相信！45,000英鎊？這會改變我的一生吧！價格繼續飆高，我也繼續盯著媽和梅寶。梅寶伸手指著掛在我後方牆上的畫，她滿臉通紅，還帶著眼淚和鼻涕。

「現在來到50,000英鎊，有人要喊55,000英鎊嗎？55,000，謝謝。60,000，65,000，70,000。」

人群中冒出一隻隻出價的手，我看見傑米揮舞著手冊，就是那個對爸很無禮的高大男人，但拍賣價格來到60,000之後他就不再出價。

角落有個人在電腦前面透過網路接受競投，他旁邊有三個人在電話線上，替電話裡的人出價。會場氣氛熱絡又吵鬧，進行得很快，真是太不可思議了。

「……現在來到70,000英鎊，先生、小姐，70,000，有人要出75,000英鎊嗎？」

我感到惶恐，價格不斷上升，我卻希望它停下來，已經太高了。瑪莉卡看了過來，她的雙手合十放在嘴巴前，我別過視線回去找媽，她上上下下的搖著梅寶，但梅寶依然在哭，她的手圍著媽的臉，對媽哭喊著。我看見媽翻了白眼，開始生氣，然後罵了妹妹一些話，妹妹就皺起臉來，崩潰的把額頭靠在媽的肩上。

　　「90,000英鎊！我不得不說，這真是驚人，」拍賣官說，「你有想過自己的畫會這麼搶手嗎，柯爾？」我搖搖頭，說不出話來，觀眾卻笑了。

　　「有人要出95,000英鎊嗎？」

　　出價的人變少了，最後似乎只剩某個網路上的人、站在最後面的男人，還有拿著兩杯香檳，有點站不穩的女人。這時，在電腦前監看線上競投的人舉起手。

　　「95,000！」他大喊，觀眾紛紛驚呼。

　　「95,000英鎊！我的天哪！」拍賣官說。

　　真不敢相信，我們可以買車了！去度假！裝修整間房子！

　　「有人要出100,000英鎊嗎？這位小姐？」前方拿著酒杯的女人搖搖頭，但站在最後面的男人突然舉手，揮舞著拍賣手冊。

　　「會場後方的先生出價**100,000英鎊**！」拍賣官高喊。

　　「100,000，各位先生小姐，100,000英鎊，有人要出105,000英鎊嗎？」她環顧會場，電腦前的人轉過來搖搖頭。

　　「那就是100,000英鎊，沒有人要出價了嗎？一次，兩

次，成交了先生，100,000英鎊！ [*]」

砰！

拍賣官在桌上敲下木槌。

就這樣，一切都結束了。會場爆出歡呼與吶喊，大家都湧到我身邊，感覺有幾百隻手在拍我的背。

「太好了！」瑪莉卡抓著我的肩膀說，「這幅畫真是不可思議，不可思議啊。」

「太驚人了！」德倫說，並用力握住我的手臂，「我的手機已經被打爆了，大家都想找你呢！電視新聞下週想到你家做直播專訪，很棒吧？」

電視直播？我還是說不出話來，我的腿像果凍一樣軟綿綿的，連站直都很困難。這一切都是真的嗎？我的耳朵還因為畫賣出那一刻的木槌聲而嗡嗡作響，周遭的人都開始說這是他們見過最刺激的拍賣會。接著，我轉過身去，終於有機會在今晚好好的看這幅畫。

我把這張畫取名為〈捕捉〉，但不是有網球和椅子的那張。

這張畫有兩個橢圓形，一個是紅的，一個是灰的，兩個橢圓形旁邊都有一個三角形，整張畫還有很多小圓點。弄出那些小點的手指比我的小多了，而左下角有個深藍色、彎彎的「C」，這個簽名代表畫這張畫的人是我——柯爾·米勒。

---

[*]　依照2022年12月26日匯率，100,000英鎊將近台幣3,790,000元。

可是這其實不是我畫的。

這是幾天前，3 歲的妹妹在我房裡畫的，畫的是我跟她玩蝴蝶遊戲的畫面。

而剛才有人以 100,000 英鎊買下了這張畫。

CHAPTER 26

10萬英鎊的畫作

　　我把額頭靠在冰冷的車窗上，黑漆漆的倫敦下著毛毛雨，但還是有很多人在我們開車經過時匆匆的在路上前進。爸在前座跟司機尼克說話，不斷的說：「真不敢相信，好多錢啊！」一次又一次，他應該還處在驚嚇之中。

　　媽滑著手機，然後轉過來說話。

　　「柯爾！社群媒體上都是你耶！」

　　我對她微笑，但一等她轉過去，我的表情就沉了下來。

　　梅寶在睡覺，頭靠在幼兒座椅的一邊，緩緩呼吸，她的臉頰因為剛才大哭弄得又紅又髒。我在拍賣會後跟家人會合時，梅寶已經冷靜下來了，她被點心深深吸引，對於她的畫這麼受歡迎，顯然已經沒興趣發表意見。那時爸媽都摟著我，我望向梅森，但他只是對我搖頭。

　　「第一件事就是把家弄得漂漂亮亮的，」媽說，又轉了過來，「這樣可以嗎，柯爾？梅寶也需要新衣服，她的衣服好快就穿不下了，說不定我們還可以考慮度個假，多棒啊？我都不

記得上次出遠門是什麼時候了。」

「這樣很好。」我小聲的說。她繼續轉頭滑手機，梅森拍了拍我的手臂。

「我看過你的畫，他們賣的那張絕對不是你的，」他壓低音量生氣的說，「是梅寶畫的！」

「噓！小聲一點。」我說。他靠了過來。

「這是欺騙！」梅森說，「買畫的人認為那是你畫的，但其實不是，光是花一堆錢買你的畫就已經夠糟了，結果居然買到一個3歲小孩的畫！要是被他們發現，你知道會惹上多大的麻煩嗎？」

梅森看起來非常擔心，讓我更不好受。

「我慌了嘛！」我說，「而且，說梅寶畫得比我好，讓我有這種想法的人還不是你！我把照片傳給德倫，以為他們不會喜歡，沒想到他們很喜歡啊！」

梅森正要開口說話，但尼克在前面大聲說：「大家聽一下！」然後把廣播的音量調大。

「瑪莉卡藝廊今晚的活動讓人相當驚豔，12歲的柯爾‧米勒以100,000英鎊賣出畫作。這場拍賣會吸引了全球的關注，藝術評論家和一般大眾也開始探討究竟何為藝術。瑪莉卡‧洛夫在會後發表看法，稱讚這位藝術家年輕有為，並強調任何人都能創造有價值的作品。這幅畫的得標者是一位匿名買家，據信為私人收藏家。」

爸輕輕鼓掌，尼克接著把音量關小。

「你有聽到嗎，柯爾？」梅森悄悄的說，他的眼睛瞪得更大了，「全球關注，全球！你騙的不只是藝廊裡的人、買畫的人，或是你爸媽跟梅寶，是所有人！」

　　我們看著對方，我深吸一口氣。他說得對。

　　我也不確定是怎麼回事，但我騙了全世界的人。

CHAPTER 27

瘋狂採購

　　隔天，媽在客廳大喊，讓我醒了過來。

　　「柯爾！你上電視了！」

　　我跳下床跑到樓下，媽跪在電視機前面，爸則是坐在扶手椅上、身體往前靠。電視畫面裡，〈捕捉〉就在我的照片旁邊。

　　「……尚未確定得標者的身分，但可以確定的是，以一位新秀來說，100,000 英鎊的拍賣價格確實出奇的高。這件事在全球引發了關注……」

　　「太驚人了。」爸說，他還是有點恍惚。

　　梅寶突然跑進客廳，我馬上把她抱起來，沒讓她看到電視上的畫。

　　「我們去弄早餐好嗎，梅寶？」我說。她看著我，有點困惑，通常我看到她時不會這麼開心。

　　我快步走到廚房，把梅寶放到地上。這陣熱潮很快就會平息，我只要再熬幾天，別讓她想起那張畫、避免穿幫就好了。

這時媽走了進來。

「德倫說錢會在星期三進帳，很棒吧？」

我倒了一些麥片到碗裡，梅寶打開抽屜，自己拿出一支黃色的塑膠湯匙。

「我跟你爸在想，我們今天可以一起去購物中心看新的沙發。」

「我不用去吧？」我說，並且幫自己倒了一碗麥片。

「是不用，但我希望你一起來。」媽說，意思就是我必須去，「還有，德倫今天早上傳訊息問了你的下一張畫，他有跟你說嗎？」

「我還沒看手機。」我騙她。

我一起床就看到訊息了，他問我能不能盡快完成下一張畫，因為有一堆人想買。我覺得很不開心，所以沒回他就把訊息刪掉了。

「成名的感覺怎麼樣啊，兒子？」爸說，一邊走進廚房打開快煮壺的開關。

我聳聳肩，用湯匙將麥片送進嘴裡。又乾又利的麥片在我吞下去時刮到了我的喉嚨。

「珍妮，我在想，我們可以帶孩子到購物中心最旁邊的新餐廳吃午餐，如何？」

我望向媽，我不記得我們有在外面吃過午餐。

媽皺了眉頭。「那裡有點貴吧？」她說。

「但我們第一張畫的錢還有剩，之後還會有更多錢。我們

應該可以慶祝一下吧？是不是呀，梅寶？」

　　梅寶聽到自己的名字便開始揮舞湯匙，把麥片甩得到處都是，爸媽都笑了出來。

　　前往購物中心的公車很擁擠，我跟爸大部分的時候都得站著。我實在沒心情被拖去家具店逛，我想問他們可不可以讓我在外面等，但也知道媽不會同意。

　　我們直接前往家具店，爸媽一直對桌燈和靠枕之類的無聊東西偷笑，一下「哦」一下「啊」的讚嘆著。我們來到沙發區，媽幾乎是一邊尖叫一邊跑來跑去，真是丟臉。

　　「你看這個，道格！可以往後躺耶！」媽說。她坐在一張灰色沙發上，拉了旁邊的把手後，腿就翹到了空中。爸笑了出來，也試坐了一張扶手椅。梅寶在書桌旁邊找到一張旋轉椅，開始讓自己轉來轉去。我站在她旁邊，假裝我跟那兩位為家具瘋狂的大人沒關係。

　　「過來試試嘛，柯爾！這比我們的舊沙發舒服多了。」媽高聲說，一邊拍拍她旁邊的位子。

　　我跟梅寶坐到她旁邊，我往後靠，它的材質很柔軟，中間也不像家裡那張往下陷。

　　「你覺得怎麼樣，柯爾？」爸說，「你覺得這張放客廳好看嗎？我們以後可能會把整間屋子重新裝修，地毯和窗簾一定

要換新。」

我坐著皺起眉頭。

「這樣很好，但我不懂，為什麼你們還沒拿到錢就要逛街購物？」我說。

媽撫著我的手臂。

「沒關係，柯爾，我們今天可以付沙發的訂金就好，剩下的每個月分期付款，不用擔心。」

梅寶指著一些五顏六色的懶骨頭，它們四散在毛茸茸的大地毯上。她拉著我的手，我們一起走過去倒在柔軟的懶骨頭上。

爸媽在店裡轉了好久好久，最後決定買一開始就看上的那張沙發，然後開始跟店員交談。

「柯爾，我們可以再畫畫嗎？」梅寶說。我心頭一沉，於是我沒有理她，假裝在摳牛仔褲上的東西。

「柯爾？」她拍拍我的手臂，又說了一次，「梅寶喜歡畫畫。」

我轉過去面向她。

「不行，梅寶，我們不會再畫畫了。如果妳跟爸媽說妳的畫，他們會很不高興妳動我的顏料，好嗎？他們說不定會氣到把妳的蝴蝶遊戲丟進垃圾桶！」

她眨了眨大眼睛。

「蝴蝶遊戲？」她說，額頭上出現了皺摺。

「對！到時候妳就再也不能玩了。」梅寶的下嘴脣往上

嚷，皺起臉來，雙眼也擠出了淚水，好像水龍頭被打開一樣。這時爸媽過來了。

「怎麼回事？」媽說，一邊抱起梅寶，「她為什麼會哭，柯爾？」

我聳聳肩。

「不知道，」我說，「大概是想睡覺吧。」

「妳不是想睡覺吧，梅寶？」媽說，「妳才剛睡醒呀。」

我從懶骨頭上爬起來。

「這裡還有你想逛的嗎，柯爾？」爸說，「隔壁有運動用品店，我們去看看運動鞋怎麼樣？」

我感到一陣雀躍，運動鞋耶！

「好啊！」我爽快的說。媽說她要帶梅寶去玩具店，我們約好在吃午餐的餐廳碰面。走在路上時，爸問我喜歡什麼樣的運動鞋，他講了幾個1990年代，當他還年輕時流行的品牌，但我都沒聽過。

「我覺得XT50很不錯。」我說，我想起了梅森那雙白色的鞋子。

我們走進運動用品店，搭上一台很大的手扶梯到運動鞋區。那裡人很多，到處都是紙盒和包鞋子的薄薄白紙，我看到一個大人跪在男孩前面，把他的腳塞進運動鞋，他們都穿了同款的黑色皮夾克。

「來吧，歐克利！用力一點，兒子，推啊！」

男孩看起來一點也不想把穿著毛絨白襪的腳放進鞋子。

「可是我不喜歡這雙，爸！」歐克利說，「很醜耶！」

「你真難搞耶，小子。」那位爸爸說。他把鞋拋給店員，店員用單手接住。歐克利拿起自己原本那雙幾近全新的運動鞋，並且套在腳上。他爸爸正在低聲抱怨，像是這有多浪費時間，還有自己多想吃大麥克之類的。

爸對我露出得意的笑容，接著找了一位店員，店員的識別證上面寫著他的名字：威爾。

「不好意思，請問你們有七號的XT50嗎？我兒子要穿的。」

威爾看看爸爸，再看看我。

「有，但這雙真的很貴喔。」他上下打量著我們說，視線最後停留在我的腳上，「除非你們真的想買，不然不能試穿，我們有很多客人都只看不買。」

我漲紅了臉，店員的態度很清楚，他覺得我們不像那種買得起全店最貴鞋子的人。

「我們是真的想買，」爸伸手握住我的肩膀說，「七號，XT50。」

威爾嘆了一口氣。

「黑的還是白的？」他對我說。

「請幫我拿黑的。」我說，我不想跟梅森穿一樣的顏色。

他拿起散在地上的幾個鞋盒，夾在腋下。

「稍坐一下，我去看有沒有庫存。」他說，並從後口袋拿出無線電，對著它說話。

「齊倫？齊倫！醒醒！」

齊倫發出呼嚕聲，無線電也劈啪作響。

「老弟，我們還有XT50嗎？黑色的，七號？非只看不買，重複，客人非只看不買。」

爸用手肘推了我一下。

「你有聽到嗎？」他小聲的說，「他說我們不是只看不買！」他笑了起來，我也跟著笑了。我解開鞋帶，突然想起自己穿了一雙很舊的襪子，腳跟還破了洞。

「爸，我可以買一些襪子嗎？」

爸點點頭，然後走到旋轉展示架前，看了一雙白色襪子的價錢，瞪大了眼睛，再帶著襪子走回來。如果他覺得襪子很貴，那我可不敢看他對XT50的反應。

「來，穿上吧。」他說，一邊從包裝裡拿出三雙襪子的其中一雙。威爾靠了過來。

「別緊張，」爸對他說，「我們會買。」

我馬上脫掉舊襪子，換上新的，感覺很柔軟，腳底也很有彈性，我從沒穿過這樣的襪子，我的襪子都很薄又很粗糙。

威爾的無線電又傳來劈啪聲，他往一道門走去，帶著一個閃亮的黑盒子回來交給爸。

「這是最後一雙庫存，就算不合腳，大概也可以在網路上以更高的價格賣掉……」這時候出現了一陣碰撞聲，有人撞倒了放幼兒運動鞋的架子，威爾便過去處理。

爸打開鞋盒。

「看起來……很不一樣。」他說。我往裡面看，黑色的運動鞋躺在薄薄的白紙裡，看起來不是不一樣，而是不可思議。我拿起一隻腳仔細端詳，它好輕喔！寬大的塑膠鞋底在腳跟處是透明的，裡面有三顆銀色的球，會在你走路的時候被壓扁。我很快穿好鞋子站起來，感覺好像站在雲端。

「哇，真的好舒服！」我笑著對爸說。他拿給我另一隻腳，我穿上後真的有飄浮起來的感覺。我來回走動，站在鏡子前面，這雙鞋從某個角度看過去真是太棒了，可是跟我過短的褲子和破舊的上衣不太搭。

「你覺得怎麼樣，柯爾？想買嗎？」爸說。

我坐到他旁邊。

「不知道，」我說，「它真的很貴，爸。」我想要這雙鞋，可是花這麼多錢買穿在腳上的東西，感覺很奇怪。

「柯爾，要不是你，我們根本沒辦法為家裡買這些東西，如果你真的想要，我覺得你可以獎勵一下自己……噢！」

爸看了鞋盒側面的價格。

「不好意思，威爾？」他呼喊店員，「價格是不是弄錯了？」

「噓──爸，」我咬住牙小聲說。

「應該是多了一個零。」他繼續說。

威爾茫然的看著爸，接著開始笑。

「哈！是啊……多了一個零，真幽默！」他暗自發笑，然後就回去服務其他客人。

「爸！它就是這麼貴啦！」我說。

「哎呀，柯爾，這比我們的電視還貴耶！」爸說。

我看著運動鞋，然後解開鞋帶脫下來。我在想什麼？我們當然不會買，我們家是不會穿幾千塊的鞋的，這些錢大概可以讓我們溫飽一個月。我把運動鞋放回盒子裡、蓋上白紙，能試穿還是很不錯的。我換上舊鞋，感覺又硬又重。

我吐了長長一口氣。

「別擔心，爸，」我說，「我買襪子就好，可以嗎？」

爸拿起已經打開的襪子。

「好，我去排隊，」他說，「我們在樓下門口碰面。」

我走去搭手扶梯，身旁大大小小的客人都拿著亮晶晶的銀色提袋。

我嘆了氣。沒關係，我只是不屬於這個充滿昂貴品牌和輕盈運動鞋的世界而已，一直以來都是這樣。我們還有更重要的東西要買，反正我也沒有什麼好衣服可以跟XT50搭配，擁有這雙鞋又有什麼意義呢？

我走下手扶梯，站在門邊等爸。

「柯爾！**柯爾！**」

我抬頭看，雷頓和奈爾正搭著手扶梯，朝我這裡前進。我無力的對他們微笑，真是倒楣。

「我爸說你今天上新聞耶！」雷頓高聲說，一邊跳下移動的階梯走過來，「你是來這裡花錢的嗎，窮小孩柯爾？終於要買點像樣的行頭了嗎？」

他們開始笑，我也跟著笑。

「算是啦。」我說，試著讓聲音聽起來沒有被他的話影響。

「至少你爸再也不用找工作了吧？」奈爾開始嘲弄，「他可以一直領救濟金了！」我好幾次都想告訴他們，我爸沒有領救濟金，他是全職爸爸；但這時候，我看到爸在他們身後走下手扶梯。

「給你，兒子。」爸說，交給我一個銀色提袋。我看著袋子，裡面有白色襪子和一個發亮的黑色鞋盒。

「你買了？」我說，「真的買了？」

「當然！」爸說，然後轉向雷頓和奈爾，「哈囉，你們是柯爾的朋友嗎？」

他們安靜的點點頭，目不轉睛的看著我拿出來的鞋盒。我把它打開。

「哇……這是 XT50 嗎？」奈爾掩飾不住驚訝。

我點點頭。

「我可以現在就穿嗎？」我問。

「當然可以。」爸說。

我馬上把舊鞋子脫掉、塞進提袋，再穿上新的運動鞋，我瞬間高了好幾公分。

「好酷喔！」雷頓用顫抖的聲音說。

「這是最後一雙，」我說，一邊轉動雙腳，「真舒服啊！」

「我媽絕對不會買這麼貴的鞋子給我，」奈爾說，「你真幸運。」

我對他們兩個露出笑容。

「走吧，柯爾，」爸說，「快一點的話，還可以在午餐前買點新衣服。」

「我該走了。」我說，並擺出「可惜沒能留下來聊久一點」的樣子，「明天見！」

我轉身離去，雷頓和奈爾站在那裡，下巴懸在空中，不停望著我的新鞋。

看來，當有錢人會有很多樂趣。

CHAPTER 28

電視直播

隔天，學校運動場上有一群人在等我。

「你有帶XT50來嗎？可以讓我看看嗎？」

「我爸覺得你的下一張畫可以賣到500,000英鎊！你覺得有可能嗎？」

「柯爾！你是不是要買法拉利啊？」

我看看大家，露出笑容。

「恐怕無可奉告，」我微笑說，「說不定喔。」

奈爾把手臂搭在我的肩上。

「放學後你想來我家嗎？媽說要做漢堡給我們吃。」

我搖搖頭。

「沒辦法，今晚有電視轉播的人要到我家。」我輕蔑的說，「他們要找我做直播專訪。」

有人驚呼。

「你要上電視？」琪琪說，「什麼時候？」

「應該是5點鐘的新聞吧，」我說，「我得問問德倫，我

是說，瑪莉卡的助理。」

「嘿，柯爾，星期六要不要去玩卡丁車？」雷頓問。

奈爾把手從我肩上移開，對雷頓露出不高興的表情，他們都在等我開口。

「好啊，」我一派輕鬆的說，「聽起來不錯。」雷頓開心的往空中揮了幾拳。我繼續穿過人群，看見梅森和艾拉坐在長椅上看我們，我便過去找他們。

「你們好嗎？」我說。

「還好。」梅森說，「剛才是怎麼回事？」我轉過頭，發現大家依然盯著我看。

「噢，你也知道，大家只是有點興奮過頭了吧，」我坐下來說，「這件事明天就不稀奇了。」

艾拉露出微笑，但梅森就沒有那麼開心了。

「既然拍賣會已經結束，我們就可以回去解開〈油畫祕辛〉了。」艾拉說，「『傾聽河流』那條線索，我覺得是……」

我舉手打斷她。

「抱歉，艾拉，我已經不太需要解這個謎了。」我說。

「什麼？」艾拉說，「可是我們努力這麼久了！」

梅森看了一下手錶。我暗自提醒自己，有機會要去逛逛新的手錶，也許挑隻智慧型手錶，就不會跟梅森的一樣，而且比他的更好。

「反正說不定根本沒有寶藏，只是個天大的玩笑。而且我

現在也很忙，有很多人和媒體都對我的畫有興趣。」我說。

上課鐘聲響起，梅森跟艾拉起身離開。我跟了過去，他們交頭接耳，梅森還搖搖頭，我想他們應該是在講我。我好像讓他們很失望，可是我只是沒時間在博物館裡跑來跑去，找一個可能根本不存在的寶藏而已，這樣做有什麼意義呢？

放學回到家時，外面停了一輛很大的電視轉播車，幾個鄰居站在路上聊天議論著。我跟他們揮手，然後走進家門。

電線從轉播車拉出來，沿著門外面的走道和玄關進入客廳，我聽見爸跟工程師聊起他以前當樂團設備人員的事。

「嗨，柯爾。」一位年輕的小姐從廚房拿著一杯茶走出來說，「我是泰絲，負責今天的專訪。恭喜你的畫拍賣成功！你一定很興奮。」

「嗨，」我說，「是啊，很棒。」

她畫了很濃的妝，睫毛也好長，都碰到眉毛了。

「我剛才跟你爸媽說明了專訪會怎麼進行，我們希望你們四個一起坐在沙發上，你坐中間，然後──」

「我們四個？」我打斷她。她點點頭，「對，你爸媽還有妹妹，媽媽會抱著她。」

「梅寶？」我說，「為什麼她也要一起？」

「我們的觀眾想見到你們全家呀！」泰絲爽朗的說，「5：15過後，我們會跟攝影棚裡的羅米連線，接著我會問你幾個問題，你就盡量回答。」

「好。」我說。泰絲接著走到客廳，我往廚房走去。

媽坐在餐桌前，梅寶坐在旁邊拿蠟筆在斑馬圖片上亂畫，那是她的新著色本。我在家具店對她發了脾氣之後，她就沒再提她的畫了，說不定已經忘得一乾二淨。

　　「你還好嗎，柯爾？」媽說。

　　「很好啊！」我爽朗的說，但是我突然覺得非常緊張，「我去換衣服。」說完我就跑到樓上，換了牛仔褲和柔軟的連帽T恤，這是昨天在購物中心買的。我套上新的XT50，往鏡子裡看了看。我吞了吞口水，這真的是我嗎？穿著設計款的服裝，一副⋯⋯有錢人的樣子？我對著鏡子微笑，可是嘴形看起來怪怪的。我聳聳肩，下樓回到廚房。

　　「你爸在幫梅寶換衣服。」媽說，一邊小口的喝茶。她安靜了一陣，接著抬頭。

　　「被這麼多人關注，有點嚇人吧？」她說，接著站起來關上廚房的門，然後坐下，雙手圈著杯子，「別誤會我的意思，這是一件很棒也令人興奮的事，可是⋯⋯總感覺⋯⋯感覺我們好像被困在下雪的玻璃球裡，一陣晃動之後，大家都在看裡面的我們。」

　　我點點頭，我完全了解她的意思。廚房的門打開，冒出一顆頭。

　　「準備好了嗎？」

　　是泰絲，媽站了起來。

　　「準備好了嗎？」她帶著微笑對我說，我也對她微笑。

　　「準備好了。」我說。

客廳擠滿了人和設備，角落裡的電視以靜音模式開著，播報員看起來正在報體育消息，播放了足球賽的得分畫面。

　　「米勒太太，妳可以坐那裡的話就太好了。」泰絲說，「請你到中間好嗎，柯爾？」我坐了下來，爸帶著梅寶出現，她把手伸向媽，爸便將她放到媽的腿上。

　　「米勒先生，可以請你坐到邊邊……太好了！」泰絲說。這樣坐有點擠。

　　「可惜新的沙發還沒來，對吧，柯爾？」爸說，一邊輕拍沙發扶手，飄出了一陣灰塵，幸好沒有人注意到。

　　「好，」泰絲確認自己的筆記說，「一開始我會簡單的問候攝影棚裡的羅米，然後再帶到你們、開始聊天。輕鬆的聊聊就好，不用擔心。」

　　「可以開著電視嗎？」爸說，「我想看看攝影棚裡的狀況。」

　　體育新聞正在講英式橄欖球，播放著威爾斯隊達陣得分的片段。泰絲考慮了一下。

　　「好吧，不過要靜音，而且請不要在訪問的時候一直盯著它。」

　　她翻了翻筆記。

　　「我跟羅米說話的時候，耳機裡會有他的聲音，但你們聽不到，好嗎？」她笑著露出潔白的牙齒，繼續看筆記。我發現媽緊抓著梅寶，她看起來害怕極了。泰絲壓著耳朵裡的耳機，「他們準備簡述新聞提要，然後就換我們，請各位準備。」

電視上出現另一位播報員，他坐在桌前讀新聞提要。電視上的新聞一閃而過，我們還來不及反應，就登上全國直播了。我又看了一下電視，播報員羅米跟我們一起入鏡，沙發上的我們就在他身後的大螢幕上。我迅速看了泰絲一下，她直直的盯著攝影機的鏡頭。

「是的，嗨，羅米！我傍晚就在米勒家，他們星期六在倫敦一間頗負盛名的藝廊度過了相當精采的夜晚。柯爾，可以請你告訴我發生了什麼事嗎？」

她把黑色的麥克風拿到我面前，我的直覺反應就是要伸手拿，但她把麥克風移到我碰不到的地方。

「我……我賣了一幅畫。」我說，並看了一眼她後面的電視，全國都在看我們四個人的特寫，感覺好不真實。泰絲面對鏡頭，笑了起來。

「但這可不是普通的畫，羅米。這幅畫是由國內最具代表性的藝術家所發掘的，也就是瑪莉卡·洛夫。可以告訴我們這幅畫賣了多少錢嗎，柯爾？」

我往麥克風後方望過去，看見梅寶的畫出現在螢幕上，我吞了吞口水。

「賣了100,000英鎊。」

「這數目真的是相當驚人啊！」她說，「對任何藝術家來說都是，尤其是以你這樣的年紀！」我點點頭。麥克風在我面前停留了一會兒，但我實在想不到還要說什麼。

「那麼，珍妮，」她說，轉而採訪媽，「兒子這麼有天

分，您的感覺如何？」

「這件事很令人興奮，」媽小聲的說，泰絲讓麥克風靠近一點，「但他永遠都是我們的柯爾。」

泰絲露出笑容。

「我們的柯爾，不過穿了更貴的鞋子！」爸笑著說，泰絲也笑了。

「這樣啊！所以你已經花了一些錢嘍，柯爾？你還想買什麼東西呢？」

我張開嘴巴，但說不出話來，這時爸靠過來了。

「我們在經濟上辛苦了好幾年，柯爾貼心的同意拿一些錢支付家裡的必要開銷，當然啦，還買了運動鞋！」

「是的，我知道您已經有好一段時間沒上班了，米勒先生。您曾經是樂團的設備人員，是嗎？」我吞了吞口水，大家為什麼這麼愛討論爸沒有工作這件事呢？

「是啊！我服務過很多大型樂團，現在是全職父親。」他說，「不過我也在找可以兼顧孩子的工作，托幼的花費是很高的！」

泰絲對他露出笑容，看起來有點傻住。我開始覺得很不舒服，這時梅寶突然從媽的大腿上坐起來，用手指著家裡的電視。

「看！」她大喊。

我們看到的畫面跟所有人看到的一樣，是那幅〈捕捉〉掛在藝廊牆上的照片。

泰絲笑了出來。

「各位電視機前的觀眾應該都可以看到柯爾的畫，這幅畫賣了驚人的100,000英鎊。」泰絲說。

「我的畫！」梅寶用最大的嗓門喊，這時電視畫面又切回沙發上的我們。

「啊，真可愛！」泰絲對我妹說，「妳是不是想自己收藏柯爾的畫呀，梅寶？」

「不是，」梅寶搖頭說，「那是梅寶的畫，柯爾跟梅寶畫畫！我的手髒髒！」她對泰絲扭動手指。

「別鬧了，梅寶，」媽說，「那是柯爾的畫，我們一起去拍賣會，賣了好多錢呀，記得嗎？」

梅寶搖搖頭。

「**是梅寶的！**」她用盡力氣大聲說，「梅寶用手指點點點，手就**髒髒**！」

梅寶看著我，露出笑容。我不高興的看著她。

「然後柯爾把梅寶的畫藏在床底下！」她說，一邊在媽的腿上扭動。她把麥克風拉過去，幾乎碰到嘴脣，「噓──」她對著黑色的麥克風說，「這是祕密。」

我僵住了，低頭盯著膝蓋，梅寶則是在媽的懷裡動來動去。

「柯爾？」爸在另一邊悄悄的說，「怎麼回事？」我沒有抬頭看任何人，只要我保持不動，沒有跟人對上眼的話，說不定泰絲就會改變話題。她壓住耳朵仔細聽耳機裡的聲音，我的

心一沉。

「是的，羅米，米勒家這裡確實出現了有趣的情況。」泰絲說，她的眼睛閃閃發亮。

電視螢幕又跳回〈捕捉〉這幅畫，但這次他們放大了橢圓形周圍代表蝴蝶的小圓點，那是梅寶用小小的指頭弄出來的。

「我想電視機前的觀眾都可以看到放大的畫面，柯爾。是的，那些小圓點看起來似乎是特別小的指尖弄出來的，應該比你的指尖還要小吧？」

攝影機移動了一下，對準梅寶不小心在角落弄出來的一小塊手印。

「我們還可以看見……是的，這裡有個手印！非常小的手印……像是2、3歲孩子的手印。」

梅寶看見電視上的放大影像便拍起手來。

「梅寶的手！」她尖聲說，「梅寶的手**髒髒**，我全身都髒髒！那是梅寶的畫！」

我知道大家都在看我，等我說話，但我還是保持沉默。

「柯爾？米勒先生、米勒太太？電視機前的觀眾都很想聽聽你們的看法。」

黑色麥克風來到媽的面前，接著是爸，他們的嘴開開的，下巴都懸在半空中。

我感覺整間屋子都垮了下來，這裡成了一片廢墟。牆壁慢慢粉碎，粉塵和碎片像雲霧一樣環繞著客廳，只剩下攝影機、記者和擠在破爛沙發上的一家四口。

我看著麥克風，然後抬頭看泰絲，她看起來高興得不得了。

「說點話吧，柯爾，」她說，「那些小圓點和手印不是你的吧？其實這幅畫看起來根本就不像你畫的，不是嗎？」

我望著地板，視線鎖定在某塊變薄的地毯上，如果我一直不說話，說不定他們就會放棄，把畫面切回攝影棚。我等待著，但麥克風完全沒有移開。

「柯爾？」媽悄悄的說，「怎麼回事？」

接著，泰絲問了一個問題，即將改變一切的問題。

「柯爾‧米勒，全世界都在等你，這幅剛以100,000英鎊賣出的〈捕捉〉，究竟是誰畫的？」

我深吸一口氣，屏住呼吸。我想不到該怎麼說才能讓我脫身，一切都完蛋了。

「我妹妹。」我小聲的說。

CHAPTER 29

祕密曝光了！

接下來的事都變成了朦朧的畫面。泰絲聽著耳機裡的聲音，然後轉身面對攝影機。

「如各位所見，米勒家的情況出現了驚人發展，但我們只能先採訪到這裡，記者將現場交還給羅米。」

攝影機停止拍攝，麥克風也關掉了，攝影師和收音師馬上開始收拾東西。泰絲把手抱在胸前，「看來你有很多事情要解釋，」她說，「我們就不打擾你了。」

媽轉過來面對著我，梅寶也從她的大腿上溜下來，往玄關走去，我聽見她上樓的腳步聲。

「柯爾，你是什麼意思？為什麼你說是梅寶畫的？是你畫的啊！」媽的聲音在顫抖，眼睛眨得很快，但我沒有回答。

「說啊，柯爾，為什麼梅寶說是她畫的？」爸說，「跟我們說啊！」

電視台的人靜靜收拾設備，但我知道他們都在聽。我起身跑上樓，看見梅寶在我的房間裡。

「妳為什麼要這樣？全都被妳毀了，**全部！**」我對她大吼。她皺起眉頭、趴到床邊的地板上，爸媽衝了進來。

「柯爾？怎麼回事？」媽說，她快哭出來了。

「兒子，你得好好解釋！」爸說。

梅寶拿著一幅畫從床底下爬出來，畫裡有著椅腳歪歪扭扭的椅子，上面還有一顆網球，是我的畫，我也把它命名為〈捕捉〉。

「這是柯爾的畫！」梅寶說，一邊用手指輕輕敲著畫。她笑得很開心，完全不知道這對我來說有多糟。

「這是柯爾的畫？」媽說。梅寶點點頭。

「梅寶的不見了。」她傷心的說，「槌子砰砰！」她小小的拳頭用力搥向地板，就像拍賣官的木槌，她解釋得清清楚楚。

媽坐到床上，看起來不太開心。

「是不是拿錯了，柯爾？拿給藝廊的畫弄錯了嗎？」媽說。

「那當然了！」爸說，他的臉上出現寬慰的神情，「德倫一定是拿到另一張畫了，我們去拍賣會的時候你又害羞不敢說，應該是這樣吧，柯爾？」

我坐在床上，彎曲著腿、下巴靠著膝蓋、眼睛盯著被子。媽在我旁邊蹲了下來。

「這件事很嚴重，親愛的，」她抓著我的手臂說，「如果有誤會，就要讓我們知道，這樣我們才能跟大家解釋這是天大

的誤會。」

我的腦袋亂成一團，需要更多時間思考，可是他們現在就要我回答。我可以說不知道為什麼那天拿錯了畫，當我看到牆上掛的是梅寶的畫時，又擔心得不敢說出來嗎？就像爸剛才說的那樣？我開了口，可是一個字都吐不出來，我就是沒辦法再說謊了。

「沒有拿錯，」我堅定的說，「我故意說梅寶的畫是我的。」

沒有人開口，唯一的聲音就是爸媽的手機在流理檯上的振動聲，聽起來就像大黃蜂被困在玻璃罐裡。有那麼一瞬間，我想逃離這裡，逃到一個沒有人認識我的地方，可是要去哪裡呢？爸的身體震了一下，彷彿重新活了過來。

「這是真的嗎，柯爾？你故意把梅寶的畫拿給德倫，假裝那是你的畫嗎？然後……」話好像在他的喉嚨裡卡了一下，「然後賣了100,000英鎊？」

我點頭，但沒有看他。媽嗚咽了起來，手摀著臉。

「你知道……你真的知道自己做了什麼嗎？」爸說，他的眼睛閃著微光，好像快要哭了。我沒有見過爸哭，都是我害的。

「對不起。」我小聲的說。

「對不起？」他重複我的話，好像這是我說過最蠢的話，

「柯爾，你讓我們在全世界面前丟光了臉！」

他吼得好大聲，我怕得閉上眼睛，全身縮了起來。

「道格，冷靜一點。」媽說。我睜開眼睛，但媽看起來就跟爸一樣生氣。樓下的手機停了下來，幾秒鐘後又開始振動。梅寶沒有說話，她拿著我的畫坐在地上，眨著長長的睫毛抬頭看我。

「我做不到。」我說，一邊忍住不哭。

「我畫不出來。我試過了，媽，真的。」

媽點點頭，聽我說話。爸擰著雙手，在房裡來回踱步。

「我試了好多次，妳可以問法蘭頓太太！我一有機會就到她的教室，可是每次都畫得很糟，瑪莉卡都不喜歡。」

我本來希望他們會同情我，可是他們的表情都沒有變。

「你應該跟我們說你畫得很辛苦，」爸說，「為什麼不告訴我們？」

媽對他搖搖頭。

「繼續說吧，柯爾，然後呢？」她說。

「然後我在爸出門買東西的時候照顧梅寶，她開始玩我的顏料，擠了一些到畫布上，再用手指到處抹。」

我望向梅寶，她低頭看著自己的手。

「一開始我罵她亂弄東西，可是後來我發現她畫得比我的每一張畫都好，我就拍了照片、傳給德倫。我以為他們會覺得不夠好，沒想到他們很喜歡。」

我微微笑了一下，希望他們能看到這件事好笑的一面，但他們一點也不覺得好笑。

「對於自己做的事，你都不會內疚嗎？」爸說。

「會啊！可是我必須弄出一張畫，不然瑪莉卡就會取消拍賣會，到時候我們也賺不到錢。你跟媽都很興奮……我大概也被沖昏頭了，所以德倫來拿畫的時候，我拿了梅寶的畫給他，假裝那是我畫的，還在上面簽名。但是，我沒有想到會賣這麼多錢。」

爸看起來氣炸了，「所以，你的意思是，如果只賣幾千塊、幾百塊，就沒關係嗎？」他說。

「嗯，應該吧？」我說，這樣至少不會上新聞。

媽嘆了氣。

「柯爾，用那張畫就是騙人，不管它賣了多少錢，你不知道這樣不對嗎？」

我忍住不哭，覺得喉嚨很緊。

「可是那個人這麼有錢，他出得起100,000英鎊買小孩子的畫啊！他比我們有錢太多了，我們需要那筆錢，為什麼這樣不對？」

我看見媽掉下眼淚，她馬上把淚滴擦掉。

「因為我們是更好的人，柯爾。」她說，「我們不會把錢看得比正直還重要，我以為至少你會懂。」

我坐在床上，眨眨眼看著爸媽。

「現在真相大白了，我們也該去面對大家了。我們會打電話到瑪莉卡的辦公室，跟他們說那不是你的畫，讓他們撤銷拍賣。」爸說。

我的腿掛在床邊搖來搖去。

「撤銷拍賣？可是得標的人說不定還是想買呀！那張畫很棒，藝術就是藝術，瑪莉卡就是這樣說的！大家都可以創作！怎麼可以這樣就算了？」

爸翻了個白眼。

「你還是不懂嗎，柯爾？」他說，「我們不會做這種事！我們家的人不會騙人，我們家的人不會把錢看得比道德還重要。」

我望向媽，她看起來難過極了。她牽起梅寶的手，一起離開房間。

「你看你為我們製造了多大的麻煩。」爸說，一邊搖頭，一邊跟著離開房間。

他出去之後，我深吸了幾口氣，接著脫掉昂貴的運動鞋並塞進鞋盒，再扔到角落。我倒在床上，把臉埋進枕頭。

一切都結束了，我的祕密曝光，一切都被我毀得一乾二淨。喉嚨有股哽咽的感覺，可是我哭不出來。我從來沒有見過爸媽用這樣的眼神看我，他們覺得好丟臉。我好想讓時光倒流，回到我把梅寶的畫放在地上拍照的那天早上。要是我把她的畫推回床下，拍我的畫就好了。就算瑪莉卡說不行，我的藝術生涯還沒開始就先結束也沒關係，至少不會被大家發現我騙了全世界。

我吞了吞口水，不再忍住想哭的感覺，哭著哭著肩膀也顫抖了起來。沒多久，眼淚就浸溼了枕頭。

CHAPTER 30

騙子柯爾

　　隔天到學校時，我馬上就發現，昨天晚上幾乎所有人都看了電視。我感覺自己就像古羅馬鬥士，在飢腸轆轆的獅子被釋放那一刻踏進了圓形競技場。我一踏上運動場，就傳來陣陣呼喊聲。

　　「他來了！騙子柯爾！」

　　「騙子！騙子！騙子！騙子！」

　　「你以為不會有人發現嗎，畢卡索？」

　　「聽說下次他會找他的狗來畫畫呢！」

　　這句話讓大家大笑了起來。我本來想說我沒有養狗，但又覺得回嘴並不是很好的做法。而昨晚沒有看電視轉播的人，現在倒是有機會在影音網站上看了，我穿過人群時聽見好多人的手機都傳出泰絲的聲音。

　　「柯爾・米勒，全世界都在等你，這幅剛以 100,000 英鎊賣出的〈捕捉〉，究竟是誰畫的？」

　　我聽見我用顫抖的聲音回答。

「我妹妹。」

有人發出驚呼聲，好多人都指著我。

「嘿！騙子！」雷頓大喊，「你別來玩卡丁車了！」他就跟往常一樣站在奈爾旁邊，他們都把手抱在胸前，繃著臉露出不懷好意的表情。我沒有回應，心裡很不好受。

「柯爾！這裡！」是艾拉，她跟梅森一起站在運動場角落，我快步走過去。

「嗨。」我說，沒有抬頭。我的心情很糾結，深怕他們會說出讓我更難過的話。被惡霸嘲弄是一回事，要是連朋友都背棄我，我會受不了的。

「你還好嗎？」艾拉說。

「我爸媽恨死我了，」我盯著地上說，「我跟全世界說我的畫是假的，而且還是在電視轉播上，我應該找別的機會坦誠的。」

「他們絕對不恨你，」艾拉說，「他們只是太震驚了。等事情落幕，他們就沒事了。」

我還是不敢看他們，我怕我會哭出來。

「你的確做了很蠢的事，不過……每個人都會犯錯，不是嗎？」艾拉說。

我感覺心裡放鬆了一點點，只要梅森和艾拉都站在我這邊，什麼事情我都能面對。可是當我鼓起勇氣看向梅森時，他卻不願意看我。

「那你覺得呢？」我對他說。

「嗯……這個……」他的臉有點紅,「其實……嗯,我爸媽知道了……嗯,你做的事情之後,他們……不希望我再跟你當朋友。」

「什麼?為什麼?」我說。

梅森聳聳肩,鞋子在地上來回摩擦。我突然覺得非常、非常的生氣,我知道為什麼。

「你爸媽不喜歡我,對吧?」我開始攻擊他,「我去你家參加派對的時候看到他們的表情了,他們不喜歡你跟我這種沒錢的人當朋友,所以你以前都沒有邀請我去你家,對吧?」

「不是這樣的!」梅森說,但他的臉更紅了,「這跟你沒關係,你也看到他們有多保護房子,記得我們腳上的蠢鞋套嗎?然後你打翻了黑醋栗果汁——」

「是你打翻的!」我說。

「好吧,是我打翻的,但也是因為你先把果汁拿到餐廳裡,我們家規定不能這樣。」

我正準備跟他說這個規定很荒唐,但我看見了他羞愧的表情。

「不是只有你,柯爾,任何人都一樣,我爸媽不放心讓別人來我們家,深怕房子被弄壞。他們根本就很少在家,所以我也不知道他們在緊張什麼。」

梅森的肩膀垂了下來,「現在你做了蠢事,還上了全國的電視台,事情就更糟了。反正他們很……奇怪。」

「你應該是想說『勢利眼』這個字吧?」我刻薄的說。我

們三個站在那裡，陷入尷尬的沉默。「算了，」我說，「我就離你遠一點，這樣你就不會惹爸媽生氣了，對吧？」

我生氣的瞪著他，想激怒他，但他看起來好難過。梅森沉默了一會兒，垂在兩邊的手握緊了拳頭。

「你知道我有多嫉妒你嗎？」他突然說。

「嫉妒？」我說，「別傻了，你什麼都有耶！」我笑了出來，然後看向艾拉，但她沒有笑。

「對，我是有視聽室、大院子，還去高檔的地方度假，但你知道你有我沒有的東西嗎，柯爾？而且你知道我願意拿一切來交換嗎？」

我聳聳肩。

「你有家人。」梅森說。我皺起眉頭，他在說什麼啊？他也有家人啊。梅森繼續說，「你有經常在身邊跟你說話的爸媽，而不是把你當成代辦事項的爸媽。我可不是在開玩笑。」

我不知道該說什麼了。

「你想一想吧，或許你家沒有錢，但你好好看一下你擁有的吧。」

梅森看了我一陣子，接著上課鐘聲響起。

「聽我說，」艾拉說，「我覺得放學後，我們應該要回到博物館，看能不能繼續解開畫的謎團。」她對我們微笑，「這樣如何，柯爾？現在你不忙了，我們三個繼續行動吧？」

我抬頭看梅森，他盯著地板。

「好。」我說。能做一件跟上電視說謊無關的事情感覺很

不錯，我們也還有一點點機會能找到寶藏。爸媽總不會為這件事生我的氣吧？這是彌補我說謊的機會嗎？

「你呢，梅森？」艾拉說。

「好吧。」他說，一邊把背包甩到肩膀上。

「太好了！」艾拉說，「那你們出發之前先到戲劇教室找我。柯爾，當你忙著說謊騙大家的時候，我已經破解一條線索了。」

她對我們露出微笑，接著腳跟一轉，往校園裡走去。

CHAPTER 31

油畫裡的祕密

「我非常、非常的失望。」泰勒先生說。

我又來到他的辦公室了，希望這是最後一次。

「身為校長，我非常失望。我替全體教職員感到失望，也替整間學校感到失望。」

我站在那裡聽他說話，低頭看自己的手，這次他沒有請我坐下。

「你丟了家人和學校的臉，也丟了自己的臉，實在很糟糕。」

他移動辦公桌上的文件，接著抬頭看我。

「我們已經向媒體發表『不予置評』的聲明，未來也不會改變。不幸的是，瑪莉卡・洛夫已經決定撤回對美術組的資助。」

這下好了，所有老師都要恨我了。我抬頭看泰勒先生，他看著面前的文件，額頭出現了深深的皺褶。

「現在恐怕要由你爸媽和瑪莉卡，來收拾你製造的爛攤子

了。」

　　我其實不太清楚他為什麼要叫我到辦公室，如果是想讓我更難過的話，他其實不用這麼費心的，我的心情已經跌到谷底了，但接下來卻還有更糟的事。

　　「有些記者可能已經找到你家了，」他清清喉嚨，「顯然有不少人聚集在外面等你回家。」

　　「我家？」我說，「為什麼？」

　　「應該是想拍照登在明天的報紙吧，」泰勒先生說，「你媽媽請你放學後直接到博物館，在門廳跟她碰面。」

　　「那我爸跟梅寶呢？他們還好嗎？」我說。

　　「他們已經去你阿姨家了，為了避風頭，可能會待一、兩天。」

　　他指的是琳恩阿姨，我媽的姊姊，雖然我大概有一年沒有見到她了，不過她很親切。

　　「需要找人陪你走去博物館嗎？」

　　我搖搖頭。

　　「不用了，先生，謝謝你。」我說。跟艾拉和梅森一起去博物館破解〈油畫祕辛〉，似乎是分散注意力的最佳辦法。我準備轉身離開，但停了下來。

　　「我……我很抱歉。」我說，但泰勒先生沒有抬頭。

接下來一整天，我一聽到「騙子」、「愛說謊」或是更難聽的話就急忙閃避。放學的鈴聲響起，我跟梅森走在走廊上，準備去找艾拉。

　　「讓你知道一下，」梅森紅著臉說，「我沒有把我爸媽的話當一回事。」

　　「喔。」我說，接著我們尷尬的沉默了一會兒，「我很高興有你幫忙，梅森，你有過人的頭腦，很會解謎。」

　　他推了我的手肘一下，露出笑容。

　　「找鑰匙拿卡諾卜罈的時候，是我看到櫃子上的編號的，對吧？」他說，「要不是我，你一定沒辦法獲得這些線索。」

　　我們都笑了。

　　「至少艾拉也會幫我們，對吧？」我說。

　　我們離戲劇教室愈來愈近，也開始聽見大提琴聲。

　　「一定是她。」我對梅森說。我們在門口等待，一邊聆聽。大提琴聲在走廊迴盪，梅森瞪大了眼睛，沒有說話。他在門邊伸長脖子看，琴聲馬上停止了。

　　「進來呀！」艾拉在教室裡大聲說。我們慢慢走進去，這種感覺有點奇怪，好像打擾了什麼。

　　艾拉坐在椅子上，大提琴放在膝間。

　　「天哪，艾拉，」梅森說，「我不懂音樂，不過……妳拉得真是太棒了。」

　　艾拉露出笑容，轉動琴弓末端的銀色小旋鈕。

　　「謝啦。」她說。

「妳說妳解開了線索？」我說。除了糟糕的一天之外，我很期待有其他事情可想。

「好，你們準備好了嗎？」她睜著又大又亮的眼睛說，接著把手伸進包包，拿出一張很大的紙，是〈油畫祕辛〉的複印本。巴索・華瓊斯在照片裡得意的注視著我。

「我把它印出來，這樣就可以在家動動腦。上一條線索是『傾聽河流』，實在太讓我好奇了！」她說。

「這代表什麼意思呢？」梅森說。

「我待會兒會說。」她說，「你們看一下這條河，再告訴我看見了什麼。」

梅森瞇起眼睛，「嗯……河水？」他說。

她轉過來看我。

「樹葉嗎？」我說。

「樹葉的確很重要，」她說，「不過你們沒有看到重點，這根本不是河流。」

「不是嗎？」梅森說。艾拉搖搖頭後又把手伸進包包，拿出白紙和鉛筆。

「我要畫出我看到的東西，這些水的波紋很重要，你們看得出來有五條嗎？」

我們看著她畫出五條長長的平行線，一條又一條。

「在我看來，這些葉子是刻意畫在線上的，你們不覺得嗎？」

梅森點點頭，我們看著她把五條線上的葉子畫成黑色的圓

圈。

「再來，這邊的雜草印得有點模糊，在原本的畫作上應該會清楚很多。我想它們彎曲的形狀就是高音譜記號。」

她在五條直線的左邊畫了一個彎彎曲曲的東西。

「真不敢相信！」梅森說，「是樂譜！這條河是一首歌！」

他拍了艾拉的肩膀，她露出不高興的表情。

「抱歉。」他說。

「艾拉，這真是太棒了，妳好厲害！」我說，「我們一定看不出來，對吧，梅森？」他搖搖頭。

「如果你們跟我一樣常看琴譜的話，大概一眼就可以看出來了。」艾拉說。

「接下來呢？」梅森說。

「現在我要用琴拉奏，看能不能找到下一個線索。」艾拉微笑說，「這件事我等好久了！但我想跟你們一起試。」她對我們露出笑容後仔細看著那張畫，在紙上加了兩個音符，接著放到譜架上。一共有七個音符。

「這只是簡單的旋律，」她說，一邊把琴擺在膝蓋間，並且拿起琴弓，「我沒辦法知道這些音有多長，或有沒有升降調，但希望我們可以認出是什麼曲子。」

她把手指按在大提琴頂端的弦上，開始拉奏。三個音之後她便停下來，笑了一下又再度開始，而這次，她把每個音都拉得比較長。完成之後，她放下琴弓。

「聽出來了嗎？」她說，但梅森的表情跟我一樣茫然。

「好聽，但聽不出來是什麼。」我說。

「『聖桑』啊，」艾拉說，「你們聽過他嗎？」我們都搖搖頭，「卡米爾·聖桑是法國作曲家，在他最知名的室內樂中，有一首叫做〈動物狂歡節〉，想起來了嗎？」

她笑得好燦爛，我真的很想說我知道她在說什麼，可是我不知道。

「我們都不知道，」我說，「這段音樂就叫〈動物狂歡節〉嗎？」

「不，〈動物狂歡節〉是整首曲子的名稱，」艾拉說，「這只是其中一小段。」

我跟梅森又聽她拉奏了一次。

「這段是古典音樂裡，最著名的樂曲之一。」她放下琴弓說。

「那它叫什麼？」我說。

她看著我，微笑著深吸了一口氣。

「叫做〈天鵝〉。」她說。就這樣，我們又重回解謎之路了。

天鵝標本

「鳥類標本!」我高呼,「我們出發吧!」

「什麼?」梅森說,「你在說什麼?」

我把背包甩到肩上。

「博物館樓上有一整個展區都是鳥類標本啊!那裡一定有天鵝,妳要來嗎,艾拉?」

「那當然!」她說,一邊把大提琴收到琴盒裡。我們等她把琴放進櫃子後便出發,我在路上告訴他們泰勒先生說,有記者到我家的事。

「他們希望我說點什麼,或是讓他們拍照。」我說。艾拉跟梅森都沉默了一陣,接著梅森開口了。

「哇,」他說,「成名就是這種感覺吧。」

「太可怕了,我一點都不想要這樣,我只想幫我爸媽。」

「說不定這就是你幫他們的辦法,」艾拉笑著說,「等我們解開〈油畫祕辛〉,誰知道會有什麼寶藏呢?」

我們到博物館時,外面停了一輛大卡車,車尾的升降機正

緩緩落到路面上，莎賓博士在指揮兩個戴手套的男人移動鱷魚標本。

「看，他們已經開始搬東西了。」梅森說。

「再過不久，這裡就會清空了。」艾拉說，「我們得快點解開謎團。」

「嗨，柯爾，」莎賓博士說，「你媽媽在辦公室。」

「謝謝妳，莎賓博士。」我說，「我們想在東西都搬走之前參觀一下，可以嗎？」

她露出微笑，說：「當然。」於是我們踏上博物館的台階。

「要是鳥都不見了怎麼辦？」我小聲的說，「說不定天鵝已經不在了，可能已經賣出去了。」

「只有一種方法能弄清楚，」梅森說，我們走進堆滿箱子的門廳，「過去看看吧。」

我們走到後方樓梯，經過埃及展區，來到樓上的鳥類展區。海鷗和海景音效已經被關掉了，這裡出奇的安靜。

「哇，真讓人毛骨悚然。」艾拉說，一邊四處張望，「你們有被監視的感覺嗎？」這裡到處都有眼神銳利的黑色小眼睛隔著玻璃、注視著我們。

「好，第一個找到天鵝的人，寶藏就歸他。準備好了嗎？預備……開始！」梅森說，接著跑到展區正中央。艾拉笑了出來，往反方向跑去，我則是跑到滿是天堂鳥的玻璃櫃前面。我暗自微笑，這真是太棒了，我幾乎就要忘掉那些麻煩事了。

沒多久，梅森就開始高呼。

「我找到了！」

我跟艾拉都跑過去。

天鵝標本就站在某個櫃子裡的乾燥蘆葦叢裡，它的羽毛十分潔白，但褪色的橘色鳥嘴顯得有些老舊。「這種感覺好怪，」艾拉看著它說，「比起看玻璃櫃裡的屍體，看到動物在自然棲地裡生活還是比較好吧？」

「標本是維多利亞時代的產物，」我說，「我媽說那時候很流行。」我在櫃子裡到處看，也找了櫃子外面，但什麼都沒有發現。

「太蠢了吧，」梅森說，「設計一個解不開的謎題到底有什麼意義啊？真是浪費時間。」

艾拉拿出包包裡的博物館導覽手冊，翻到樓層圖那一頁。我看見埃及展區的卡諾卜罈那裡有個紅色的圓圈，放模型船的地方也是。她拿出筆，把鳥類展區圈起來。

「妳在做什麼？」我說。

「記錄一下我們找到線索的地方。」她說，接著快速摺好手冊、放進口袋，「有看到什麼東西嗎？」

「有！」梅森說，「在它的腳上！」

梅森跪下來往櫃子裡看，我跟艾拉也跟著跪到地上，天鵝的蹼上方有個紙條。

「上面有字，」艾拉說，「我看不到，你可以嗎？」

我瞇著眼睛往陰暗的櫃子裡看，勉強看出了小小的字。

「噢，只有三個字，『夏威夷』。」

我們都站了起來。

「有想法嗎？」我說。艾拉跟梅森都一臉茫然。

「夏威夷……」艾拉說，顯然在動腦筋，「是美國的一個州……這是什麼意思呢？」

我真頭痛，我對夏威夷一點都不了解。

「我去過！」梅森說，「爸媽帶我去的，可是當時我只有3歲。」

「為什麼只有這麼一點線索？」我說，「就三個字！有什麼用呢？」

艾拉一圈又一圈的踱步。

「只有一個線索，但線索總是會帶我們回到油畫，不是嗎？畫裡的石頭其實是船，河裡的波紋其實是樂譜……說不定畫裡還有我們沒發現的東西？」

「柯爾！你在這裡做什麼？我要你在門廳等我啊。」我轉身看見媽，她垮著一張臉。在這歡樂的幾分鐘裡，我把自己惹的麻煩都忘了，但是現在卻覺得心頭遭受重擊——我在所有人都看得到的電視上丟了爸媽的臉。

「記者跑去我們家，我真的很抱歉，媽。」我走過去說，「真的很抱歉。」

我以為她會抱我，但她只是嘆一口氣。

「瑪莉卡的辦公室打來，拍賣撤銷了，她說他們會發表聲明，說……」她的聲音有點哽咽，「說他們並不知道你交給他

們的是別人的畫，你跟瑪莉卡藝廊之間的合作關係也終止了。畫作已經停止販售，幸好那位得標的人還沒付款，這倒是值得感謝。你很幸運，沒有人告你詐欺。」

我點點頭，事情聽起來真的很嚴重。

「明天德倫會把梅寶的畫帶回來，他們認為事情應該會就此結束。」

「爸還好嗎？」我問。

「他還好，不過我真希望他在家，新沙發明天就要送來了，所以我得請假處理這件事。」

我都忘記有新沙發了，這會花掉更多錢的！

「不能退訂嗎？」我說，「我的運動鞋也可以退貨！」

媽的表情更苦了。

「運動鞋不能退，柯爾，你已經穿過了！至於沙發，我們有打給店家，但是合約有規定，我們必須遵守。」

真不敢相信，我們現在竟然比賣畫之前還慘！

「這太不合理了吧！」我說，「他們應該要讓妳退訂的！妳再跟他們談談。」

「柯爾，我已經拜託過他們了，他們說不行！」媽厲聲說，「你就別管了，好嗎？你惹的麻煩還不夠多嗎？」

她深吸一口氣、抹抹額頭。這些都是我害的。

「嗯，抱歉打斷你們，米勒太太，我們先回家好了，好嗎，柯爾？」梅森說。我都忘記他跟艾拉還在這裡了，他們一定都聽到了。

「好。」我說。

艾拉抓著我的手臂。

「別擔心，我們會繼續的，」她小聲的說，「我們已經解開三條線索了，很棒呢！明天再試試看。」

我嘆了氣，我現在覺得，這輩子根本不可能把事情做好。

CHAPTER 33

蜂擁而來的記者

我跟媽沉默的走回家。到家時，外面有一群人站在人行道上。

「噢，不。」媽說，「我還以為他們離開了。來吧，柯爾，頭低一點。」

她摟著我的肩膀，我們快步通過。

「米勒太太！妳知道妳兒子預謀詐欺嗎？」

「你會繼續畫畫嗎，柯爾？」

「梅寶知道她的畫賣了那麼多錢嗎？」

「米勒太太，妳拿到賣畫的錢了嗎？已經花掉了嗎？」

「嘿，柯爾！欺騙全世界是什麼感覺？」

我們趕緊進家門、用力把門關上，不去理會他們。我的心怦怦跳，我們站在玄關一陣子，讓自己喘口氣，媽接著靜靜走去廚房。

「妳還好嗎，媽？」我說。她看著我，額頭上滿是皺紋，看起來快要哭了。

「我去煮水。」她說。

　　爸和梅寶不在，家裡變得好安靜。我想念他們，要不是我，我們就可以待在一起了，我大概也不會介意玩蝴蝶遊戲。晚餐後我回到樓上的房間，我覺得媽想要一個人靜一靜。我躺在床上，盯著依然放在角落的那盒顏料。顏料管看起來黏黏的，因為梅寶用髒髒的手摸過。一切都錯得離譜。我閉上眼睛，希望自己趕快睡著。雖然現在睡覺還太早，但我不想一直回想我在5點鐘新聞被戳破謊言的時刻。突然間，我的手機發出聲響。

　　我坐起來看，艾拉和梅森傳了群組訊息。

梅森

大家對夏威夷有什麼想法嗎？

艾拉

我在想，巴索好像都把線索藏在畫的不同地方，胡狼在樹林裡，石頭／船在草地上，樂譜在河裡。

　　我馬上翻出手機裡的油畫照片，她說得沒錯。

柯爾

沒錯！

艾拉

那你們覺得下一條線索會藏在哪呢？

　　我看著照片，很明顯的，某個東西直直的盯著我，或者說，某個人。

柯爾

巴索‧華瓊斯！

梅森

他！

艾拉

沒錯！這個謎團就像在玩「找字遊戲」，每一個字都隱藏在不同地方，對吧？

我看到梅森正在打字回覆。

梅森

不過我看不出來他跟夏威夷有什麼關係……

我又看了手機裡的照片，把畫家的部分放大，一寸一寸的仔細看。

柯爾

他外套上別的那束東西呢？是羽毛吧？

他外翻的領子上有一小束紅色和黃色的東西。

梅森

這會不會跟別的鳥有關呢？某種夏威夷的鳥？

艾拉

我不確定，我覺得線索應該不會帶你到博物館的同一個地方，我再看一下樓層圖。

我從床上跳起來，拿出書包裡的博物館手冊。我坐下時，艾拉已經在打字了。

艾拉

我們還沒到盎格魯薩克遜、地質和世界文化展區這三個地方找過線索，這下該去哪裡找應該很明顯了吧？

梅森

世界文化展區！明天放學就去看看吧。

柯爾

巴索說有四個線索，這一定是最後一個了！

　　我躺回床上，心情不像幾分鐘前那麼沉重了。我們還是有機會解開〈油畫祕辛〉。我讓爸媽很失望，他們都覺得我做的事情很丟臉，這會不會是我彌補的好機會呢？也許解開謎團、找到寶藏，就可以彌補我所做的一切。

CHAPTER 34

博物館即將關閉

　　隔天上學時，記者都離開了，媽說她覺得記者晚點還會再來，但我很高興不會有人在我走路上學時對我大喊。

　　不幸的是，學校裡還是有人對我大喊。我聽到至少十次「騙子」，但謝天謝地，已經比昨天少了。

　　我跟梅森、艾拉在午餐時碰面，討論世界文化展區裡可能藏了什麼東西，線索又會引導我們去哪裡。

　　「你說得應該沒錯，柯爾，這一定是最後一條線索，我們今晚可能就會找到寶藏！」艾拉說，她的眼神發亮。

　　我的心跳漏了一拍，就要解開謎團了，我想都不敢想。

　　放學後，我們幾乎是用跑的去博物館，到了之後便走上樓，直接前往世界文化展區。但是門上有一塊很大的告示牌。

展區關閉

　　門鎖住了。

「這下好了，該怎麼辦？」我說。

「等等，」艾拉說，「裡面有人。」

我往玻璃門望進去，看見莎賓博士的背影，她正在用矮櫃上的筆記型電腦打字。我敲了門，她便轉過頭來、起身幫我們開門。

「莎賓博士！我們在找一樣東西！這裡有什麼有羽毛的東西嗎？我們就快找到了，只差一樣東西了！」

莎賓博士茫然的看著我。

「慢點，柯爾，你在找什麼呢？」她說。

我望向梅森和艾拉。

「我們應該告訴她這件事。」艾拉說。

莎賓博士來回看著我們三個。

「說吧，」她說，「我洗耳恭聽。」

「我們快解開〈油畫祕辛〉了。」艾拉滿臉笑意的說。

「噢，是嗎？」莎賓博士愉悅的說，「你們知道這一百多年來都沒有人解開過吧？」

「知道，但我們就快解開了！」梅森說，「我們只要看一下這個展區就好。」莎賓博士看了一下手錶，顯然覺得我們在浪費她的時間。

「很好，但我真的得繼續做事了。」她說。

「我們不會待很久的。」我說。

「抱歉，」莎賓博士說，「我有太多事情要做了，你媽媽今天要提早回家，因為你們的新沙發到了。」

我的心一沉，我都忘記這件事了。

「你們很努力，我也很佩服，」她看了我一眼，「但是博物館要準備清空了，我得盡快把所有東西打包運走。」

她準備關門。

「莎賓博士，」艾拉說，並且往前跨了一步，聲音又大又清楚，「我們已經解開〈油畫祕辛〉的三個線索了，我有信心可以解開第四個，也就是最後一個，我們知道線索就在妳身後的這個展區。」

我看見艾拉吞口水時，喉嚨上下動了一下，這時，莎賓博士皺起眉頭。

「什麼？妳說你們已經解開了三個線索？」

「沒錯！」我說。

「但……怎麼做到的？」

「其實最難的部分是艾拉解開的。」梅森說，一邊指著臉紅的艾拉。

「這是我們三個人努力的成果啦。」她說，「但我們很肯定，最後一個線索跟羽毛有關，很可能就在這裡，我們真的不會待很久，我保證。」

莎賓博士嘆了氣。

「好吧，」她說，一邊打開門，「給你們五分鐘，之後就得離開。」

「謝謝妳，莎賓博士。」艾拉開心的笑著說。

「你們要找羽毛的話，最好看一下逃生門旁邊的展示

櫃。」她說，並用頭指了指一個陰暗的角落，接著轉身走回電腦前面。

我們趕緊跑向那個櫃子，裡面有件深色的長斗篷披在假人身上。

「她不是說這跟羽毛有關嗎，」梅森說，「這根本沒有幫到我們吧！」

艾拉靠近櫃子，讀了解說牌。

「等一下！」她說，「你們聽……這是從夏威夷來的！」她轉頭對我們笑，我在心裡雀躍的翻了三個筋斗，艾拉接著大聲唸。

「這種斗篷只有最高階的酋長可以穿，象徵著介於人與神之間的階級。」她停下來仔細端詳斗篷，「真是不可思議，這裡還有：這種尺寸的斗篷估計含有……四十五萬根羽毛。」

我靠近櫃子，發現斗篷是由許多細小的羽毛編織而成，跟巴索的領子顏色一樣。

「不可思議啊！」梅森說。

「而且極具價值。」莎賓博士走過來說，「這種斗篷非常罕見，它接下來就要送去給新的主人了，大概是私人收藏家，一般人是看不到的。」

「太可惜了。」艾拉說。

「的確，艾拉。」莎賓博士說，「好了，你們找到想要找的東西了嗎？」

「可以再給我們三分鐘嗎，莎賓博士？」我說。

「再三分鐘，然後就得離開。」她說完，便轉過身去，「噢，對了，我很想知道你們是怎麼解謎的，等我有空的時候記得告訴我，好嗎？」

「我們會的。」艾拉笑著說。等莎賓博士離開，我們就圍在斗篷前，檢查櫃子的每一個角落。

「等等，有東西別在衣襬裡面，」梅森說，「是別的語言，艾拉妳會嗎？」

她往前靠。

「是拉丁文！」她說，「上面寫……responsum oculos spectat……」

她拿出手機。

「不知道能不能在網路上翻譯出來。」她說，一邊輕敲螢幕。我們等待著，她慢慢抬頭，看著我們。

「它說，『答案就在你眼前』。」

「這是什麼意思啊？」我說，我幾乎能看到艾拉的大腦正在高速運轉。

「就在我們眼前，意思是『答案近在眼前』。」

「我不懂，」梅森說，「線索就在畫裡，就在我們眼前，這不是廢話嗎！答案當然就在眼前！但我們要怎麼一看就知道呢？」

我們慢慢離開世界文化展區，來到走廊。艾拉已經拿出包包裡的導覽手冊，用紅筆圈起剛才找到線索的地方，也就是放夏威夷斗篷的地方。她研究了一番，接著把樓層圖放到牆上，

用線連起那些藏有線索的地點，形成了一個歪斜的矩形，有的邊比較長，有的邊比較短。

「等等，」我說，一把將筆和手冊拿過來，「如果用對角線的方式連起來呢？這裡到這裡……這裡到這裡……」

我用紅筆從左上角畫到右下角，再從右上角畫到左下角，矩形中間就出現了一個大大的「X」，瞬間讓我想起〈藍色天空〉裡的飛機噴射尾巴。

「哇，『X』似乎是某個地方！」梅森說。

「就是這裡！」艾拉說，「這就是藏寶藏的地方，走吧！」

樓層圖上的「X」位置是朝向博物館正門的一個空間，我在途中思考它究竟是什麼地方，是服務台後面嗎？還是樓梯上有暗門呢？我們到了之後，又擠在一起看樓層圖、確認位置。

我用力踏了最下方的幾個階梯，想知道是不是中空的，不過沒有發現。我四處張望，突然發現了一件事。我們在博物館裡跑來跑去到處尋寶，其實都是白費力氣，這是藝術家調皮的安排。但我破解了，我打敗巴索了，我知道寶藏在哪裡了！

「我知道了！」我說，「是油畫！當然了！答案就在你眼前，『X』記號也帶我們回到油畫這裡，寶藏一定就藏在油畫的某個地方，在畫框裡、在畫的後面，或類似的地方！」

「太聰明了！」梅森搖頭讚嘆。

「哇！」艾拉說，「把寶藏藏在畫裡，太棒了！」

當我們意識到自己完成了什麼，我們都沉默了好一陣子。

我們成功了。

我們真的解開〈油畫祕辛〉了。

但是當我們轉頭看畫，那裡卻只剩下光禿禿的牆壁。

「畫不見了！」艾拉說。

CHAPTER 35

消失的油畫

　　我們找到莎賓博士，問了一連串的問題，想知道那幅畫的下落。

　　「很抱歉，」莎賓博士說，「我們有很多收藏品都賣掉了，包括〈油畫祕辛〉，它正在運往新家的路上。」

　　「是誰買的？」艾拉說，「我們可以去看嗎？」

　　莎賓博士搖搖頭。

　　「買畫的是一位私人收藏家，不會公開展出。」

　　「誰？是誰買的？」梅森說。

　　「我恐怕不能透露，」她說，「回去吧，我很抱歉，但我給你們夠多時間了，我也有很多事情要做。」

　　太糟了，就這樣結束了，畫不見了、寶藏也是。我們開始往回走、穿過博物館。

　　「真不敢相信，我們努力了這麼久！怎麼會被賣掉？怎麼會？」我說。我感覺淚水在眼眶裡打轉，我忍著不眨眼，以免眼淚滑落。

「我很遺憾，柯爾，」艾拉撫著我的手臂說，「就差這麼一點點，真不公平。」

「我只是想幫我爸媽。」我說，一想起他們失望的表情我就流起淚來，「我對我做的一切都覺得很抱歉，我為大家惹了很多麻煩。」

我擦擦眼睛。

「我的畫賣掉時他們好興奮，好像他們的困擾都不見了，然後我就把事情弄得比以前還要糟好幾百倍，一切都被我毀了。」

我們穿過門廳，我也再次抬頭望著牆上空空如也的地方。在踏到明亮的戶外時，我嘆了氣。

「這是我彌補錯誤的唯一機會，」我說，「我想找到寶藏，跟爸媽說我可以幫助這個家，現在這件事又失敗了。」

「走吧，」艾拉說，「回家吧。」

我們走下博物館的台階，就在我停下來、用袖子擦臉時，有人拍了我的肩膀。我轉過去，是瑪莉卡的助理德倫，而且他在對我們笑。

「你怎麼會在這裡？」我問，一邊祈禱他不會生我的氣。

「我其實剛去過你家，把畫還給你們，你妹妹的畫。」

我感覺自己漲紅了臉。

「對不起，德倫。」我低著頭說，「我很抱歉我浪費了你的時間。」

德倫細細的看了我一陣子，接著拍拍我的肩膀，「我想你

得到的教訓也夠多了，對吧，柯爾？我們都該往前看了。說到這個，我準備回倫敦了，我在處理瑪莉卡跟博物館的一筆交易。」

「瑪莉卡跟博物館買了什麼嗎？」梅森說。

「沒錯。」德倫說，他看了一下手機，再把它放進外套內側的口袋，「瑪莉卡私下收藏了非常多世界各地的藝術品，不過我覺得她是因為對這個東西有感情，才會買下來。」

「藝術品嗎？」艾拉說，「她買了畫嗎？」

德倫皺起眉頭，「是啊，是一幅畫。」

我的心開始怦怦跳，「她是不是買了〈油畫祕辛〉？」我問。

「的確是，」他說，「她小時候對那幅畫留下了深刻的印象，她以前會跟她爸爸一起來欣賞，被裡面的謎團深深吸引，不過請你們別把這件事說出去。好了，我該回倫敦了……」

我抓住他的手肘。

「德倫，拜託，我們需要你幫忙，」我說，「我們在解畫裡的謎團，只差一點點就解開了，但我們需要仔細看一下畫，你可以幫我們嗎？」

他揉揉額頭，「這恐怕不太容易，它正要運往倫敦，而且──」

「還在這裡嗎？」梅森說，「還在博物館裡？」

德倫看起來有點慌張，「不算是在博物館『裡面』……」

「那在哪裡？」我說，「拜託，德倫，只要五分鐘就好，

我保證！」

　　德倫嘆了氣，一邊思考。

　　「你們等一下，」他拿出口袋裡的手機說，「我看能不能攔住他們。」

　　我們三個看著彼此，艾拉抓住我的手臂。

　　「會成功的，柯爾，」她說，「這件事還沒結束，我就是有這種感覺。」

　　德倫走到旁邊講電話，我們都靜靜的看著他。最後他收起手機、走了回來。

　　「貨車會停在路口，就讓你們看五分鐘，好嗎？柯爾，你已經為瑪莉卡帶來夠多麻煩了，我不希望這幅畫再被耽擱。」

　　我們都點點頭。

　　「好，」德倫有點無奈的說，「我們走吧。」

　　我們跟著他前進，走進一條巷子。當我們轉進大馬路時，一台黑色貨車停了下來。德倫跟司機說了一些話，接著走到後面把門打開。

　　「快，打開手機的燈。」梅森說。

　　「五分鐘。」德倫又說了一次，我們趕緊爬上貨車。

　　我花了一點時間適應眼前的黑暗，接著看見畫被繫在左手邊，上面蓋了灰色的大毯子。艾拉迅速打開扣環，畫作開始往前傾，我們三個趕緊過去撐著畫。

　　「慢慢推回去，」艾拉說，「把它靠在旁邊。」

　　放好畫作之後，我們在畫前站了一下，我突然覺得很緊

張，要是弄錯了怎麼辦？要是什麼都沒有呢？

「來吧，」艾拉說，「掀開毯子看一下。」

我們小心翼翼的拉下毯子，與巴索·華瓊斯面對面讓我不禁大吸一口氣。他離我好近，我連他黑眼睛周圍的小線條都看得見。

「哈囉，巴索，」我輕聲說，「我們來領賞了，可以吧？」

巴索對我微笑。

「看看這條河，」梅森說，一邊舉起手機照亮河流，「它在發亮！」

他說得沒錯，手機的光照到了畫布一點一點的白色顏料上，讓河流看起來彷彿真的在流動，波光閃閃。

「我們得看看後面。」我說。

「我們把它移開一點，讓你擠進去，柯爾。」艾拉說，「準好了嗎？」

「好了。」我說。艾拉跟梅森站在畫的兩側，握住畫框並且小心把它從車廂邊緣一點一點移開。

「好重啊，一定塞滿了黃金！」梅森說，「或鑽石！」

「噓！」艾拉說，「小聲一點！」

艾拉說得沒錯，要是被德倫看見我們做的事，他就會叫我們馬上離開，我的動作必須快一點。

「空間夠大了嗎？」梅森說，聲音聽起來很吃力。

「應該夠。」我說，接著擠到畫作後面，「再往前一點，

我看不到。」

　　他們又把畫移動了幾公分，讓我有空間可以看清楚。

　　「有看到東西嗎？」艾拉說。

　　「什麼都沒有，」我說，一邊到處移動手機光源，「有個厚厚的東西蓋在上面。」但我看見了固定畫布的小釘子。

　　「看起來是從後面釘住的。」我說。

　　「不能直接扯下來嗎？」梅森說。

　　「不行，梅森，不能直接扯下來，它釘得很緊！需要刀子之類的才行。」我說。手機的光線閃了一下，這裡應該要有東西才對，不可能沒有。我順著光線查看畫的邊緣，然後停了下來。

　　「你該出來了，」艾拉吃力的說，「我們快撐不住了。」

　　「再一下下！」我說，並讓光照亮整個畫布後方。

　　「你們在做什麼？我說可以讓你們看，不是移動它！」德倫從後門爬進來，貨車搖晃了一下。我的光又閃了一下，光線照亮了畫布的左下角，那裡有個凸起。

　　「柯爾！出來！真不敢相信你──」

　　「等一下！我找到了！」我高呼一聲，「拜託等一下！」

　　我蹲下來順著畫布的摺痕摸過去，那裡有個袋子！有個小小的方形袋子被縫在畫布上，我翻開袋子，把手伸進去，手指碰到了像是紙張的東西，於是我把它拿出來，是一捆被手寫字條包住的鈔票。

　　「是錢！」我高呼，心臟跳得好快，「我找到寶藏了，是

錢！」

　　我從畫後面走出來、拿出那張字條。梅森和艾拉輕輕的讓畫靠在車廂邊緣，不過德倫氣炸了。

　　「有多少？」艾拉問，聲音滿是興奮。

　　「不知道，是好久以前的鈔票。」我說。

　　「你們在做什麼？」德倫說，一邊小心翼翼的準備把畫蓋起來，「這幅畫很珍貴，我可沒有同意你們動它！」

　　「我們解開〈油畫祕辛〉了，」艾拉說，「你看！柯爾找到獎賞了。」

　　我拿著那捆鈔票。

　　「讓我看看。」德倫說。我拿掉那張字條，把鈔票給他，他立刻數了一下，「有十張舊 5 英鎊鈔票。」

　　「50 英鎊？」我說，「就這樣？」

　　他點點頭。

　　「在 1900 年代早期，這應該是很大一筆錢。」艾拉小聲的說，「相當於現在的幾千英鎊*。」

　　「但這對我來說還是不夠，」我大喊，「我以為會有一大筆能幫助我們的錢，結果只有幾張不值錢的鈔票！」

　　我轉身直直盯著畫裡的巴索・華瓊斯。

　　「看看他，就是個笨畫家，覺得捉弄我很好玩。」我說，「恭喜啊，巴索，你成功了。」

---

* 　依照 2022 年 12 月 26 日匯率，50 英鎊大約為台幣 1,850 元；但是在 1900 年代，50 英鎊相當於今日台幣 260,000 元。

梅森清清喉嚨。

「我很遺憾，柯爾，」他說，「紙條上寫了什麼？」

我忍著憤怒，打開紙條開始唸。

恭喜！

你找到了我的獎賞，我由衷為你的聰明才智喝采。

請收下這筆錢，用在你想用的地方。

但請記住，愛才是你在人生中能擁有最偉大的東西，而且愛是免費的。

巴索‧華瓊斯，1909 年 5 月 11 日

我把紙條揉成一團、丟在地上。

「結束了，巴索贏了。」我說，接著轉頭看德倫，「謝謝你讓我們看畫，德倫，很抱歉我們浪費了你的時間。」

我跳下貨車，一路跑回家。

CHAPTER 36

讓生活回到正軌

手機在回家途中發出聲響，我收到兩則訊息。

艾拉

> 我很遺憾，柯爾，你這麼努力。

梅森

> 運氣不好啊，老兄，不過至少我們解開謎團了，以前都沒有人成功過呢！

我走進家門，媽正好朝玄關走過來，無力的對我微笑。

「德倫把梅寶的畫送回來了，」她說，「他說瑪莉卡為了躲避負面消息，現在很低調，大家都笑她被12歲小孩耍了。」

我不管說什麼，大概只會讓事情更糟，所以我沒有說話。

「既然我們有了熱水，我想去泡個澡。」她轉過身去。我看著她慢慢上樓，我好想回家告訴她這樣的好消息：「我們解開了油畫裡的線索、找到寶藏，這次真的不用再擔心錢的問題了。」但我做不到，巴索‧華瓊斯才是最後的贏家。

媽沒有提到家裡的新沙發，但我在進客廳前就聞到味道了，它在我們破舊的家裡顯得很荒謬。我坐下來，柔軟的坐墊慢慢下沉。有個黑色布袋靠在沙發上，我把它拿起來，心裡一陣翻攪，裡面是梅寶的畫，那張為我帶來麻煩的畫。我拉緊布袋開口的繩子，跑上樓將畫扔到床底看不見的地方。

我上床睡覺時，爸跟梅寶從琳恩阿姨家回來了。雖然我已經把燈關了，爸還是把頭探進我的房間。

「嘿，柯爾，」他在門邊輕聲說，「你還好嗎？」

我假裝睡著，但他還是走進來。

「你媽在哄梅寶睡覺，她在回程的火車上睡著了，但她很期待明天早上可以見到你。」

我翻過身來，頭縮在胸前。

「對不起，爸，」我說，一邊忍住不哭，「所有事我都很抱歉。」

他皺起眉頭。

「柯爾，我要跟你說一些事，」他說，「你有在聽嗎？」

我點點頭，他深吸一口氣。

「回家路上我在想，我們每個人都有點像火車，對吧？」我看著他，他想跟我說什麼呢？

「你可以順著鐵軌轟隆隆的前進，無憂無慮、太陽閃耀著，一切都很美好，你直直的前進，一路都很順利。」

我盯著被子、聽他說話。

「但有時候，鐵軌會彎向完全不同的方向，」他說，「這段旅程就有點困難了，太陽可能會被烏雲遮住，你還來不及反應就得爬上崎嶇的山路。你可能會爬到山頂，然後在下坡時感到害怕或失控，不知道接下來會急轉到哪裡去。」

我想了想梅寶的畫、拍賣會、上電視，還有過去幾個星期發生的一切。的確很嚇人，也有點像坐在失速的列車上。爸停頓了一下。

「但是，那可怕的旅程終究會把你帶回正確的軌道上，在你反應過來之前，你又開始噴出蒸汽，太陽也從暴風中露臉，可怕的部分都過去了。」

我吸了一下鼻子。

「那是什麼時候？」我說，「我什麼時候可以回到正確的軌道上？」

爸露出微笑。

「我覺得你已經快走到了，你不覺得嗎？」他說。

「但要記得這一點，每段旅程都很重要，順利的直線前進、爬坡、恐怖的下坡，都只是旅程的一部分。」

我眨眨眼，一邊思考。毫無疑問，這段時間的確壓力很大，我的軌道絕對彎到了可怕的地方，但我在路上也獲得了很多。舉例來說，我交到了很棒的朋友，大家都在嘲笑我的時

候，梅森跟艾拉都和我站在一起。至於爸媽，如果換作是梅森說謊，當事情像雪球一樣愈滾愈大，還在全國電視台上讓全家人丟臉時，他爸媽大概沒辦法像我爸媽這麼親切或願意理解他。這樣說起來，我其實非常幸運。

「謝了，爸。」我說，然後爬起來擁抱他。

CHAPTER 37

說謊男孩解開畫中謎團

　　隔天醒來，我聽見爸的手機在響，停了之後，換家裡的電話響起。我的心又翻攪了一陣，這個聲音讓我想起了5點鐘新聞，當大家發現拍賣會賣出的是梅寶的畫時的感覺。現在電話響起，是為了什麼事呢？我蓋著被子蜷起身體、緊閉雙眼。無論是什麼事情，我都不想知道。

　　過了大約20分鐘，我聽見房門打開的聲音。

　　「柯爾！」有個聲音說，我還感受到有隻手在搥我的腿。

　　「走開，梅寶。」我咕噥著，一邊把被子拉過頭頂。門鈴響了，我聽見門打開又關上，接著是吵鬧的說話聲。

　　「柯爾！你可以下來一下嗎？」媽往樓上大喊。

　　我發出哀嚎。

　　「走嘛，柯爾！」梅寶說，又打了我的腿一下。又怎麼了？我慢慢下床，往樓下移動，梅寶跟在我後面，她坐在階梯上，磨蹭著屁股下樓。爸媽站在客廳裡等我，德倫坐在新沙發上，瑪莉卡則坐在他旁邊。

「噢，是妳！」我眨眨眼說，她輕輕的微笑著。

「是我。哈囉，柯爾。」

我感覺自己站得不太穩，所以坐了下來。這次我又做錯了嗎？我覺得我再也無法承受打擊了。梅寶跑到客廳，躲在媽的腿後。

「噢，這位一定就是梅寶！」瑪莉卡說，一邊對我妹露出微笑，梅寶也害羞的看著她，「等妳長大一點我們再聯絡一下，說不定可以幫妳的畫談一筆生意，妳覺得呢？」

大家都笑了，我也放鬆了一點，他們好像都不太一樣了，看起來⋯⋯很快樂。我看見德倫拿著一捆舊鈔票，就是藏在〈油畫祕辛〉後面的那些錢，另一隻手拿著紙條——我揉皺的痕跡已經撫平。

「德倫說你解開了油畫的謎，柯爾。」媽說，「你怎麼沒有告訴我們呢？」

我聳聳肩。

「根本沒有什麼東西，只有一些舊錢，沒什麼價值。」我說，「只是在浪費時間。」

瑪莉卡搖搖頭，「不是這樣的，柯爾，你做了非常了不起的事。」

我望著她，她的笑容又大又燦爛。

「關於寶藏，你說得沒錯，」德倫說，「這些舊鈔數量不多，收藏家大概只會付幾百塊。」

「那⋯⋯是哪裡了不起？」我說。

「是這件事的關注度。」瑪莉卡說，她的眼神發亮，「這一百多年來，專家都想不通這幅畫中的祕密，現在你跟你的朋友竟然破解了！這是很棒的成就！」

媽對我露出笑容，當我看見她驕傲的神情，眼淚便開始在眼眶裡打轉。

「已經登上報紙了，」德倫說，「你看！」

說謊男孩解開畫作之謎

騙過瑪莉卡藝廊以及數百位競標者，並將3歲妹妹的畫作以100,000英鎊賣出的12歲男孩柯爾·米勒，成功解開了〈油畫祕辛〉的謎團。藝術家巴索·華瓊斯在1909年將這幅畫捐贈給克勞瑟博物館，宣稱其中隱藏著「藏寶圖」且獎賞豐厚，讓許多人嘗試解謎。

神祕畫作的謎底被埋藏至今，柯爾·米勒和他的兩位朋友便以此為志，成功破解了許多人解不開的謎團，找到了作為獎賞的幾張舊鈔。雖然獎賞價值不高，但畫作終於解密的消息預期將引發一股巴索·華瓊斯熱潮，以及大眾對博物館的興趣。根據未經證實的消息，為了讓民眾能親自欣賞畫作、了解其中的藏寶線索，博物館已經暫緩實施原定的關閉計畫。

我放下報紙抬頭看。

「博物館不關了？」我說。

媽搖搖頭，「莎賓博士一早就打電話來，他們同意我們至少可以再營運六個月！」

「太棒了！」我說，「那妳就可以繼續工作了！」媽如釋重負的表情和燦爛的笑容，是世界上最美妙的東西。

「我收到很多專訪邀請，」德倫對我說，「你覺得如何？」

我搖搖頭。

「不，我這次不想見到記者和電視轉播人員了，謝謝。」我說，「如果他們想了解更多，那就去博物館吧。」

媽笑了出來，給了我一個大大的擁抱。

「我們正在為巴索‧華瓊斯和他的畫作規畫盛大的展覽。我們要特別標出你們發現線索的地方，讓大家都能一探究竟，你可得告訴我，你是怎麼解謎的！」

我點點頭，接著想起一件事。

「可是畫作現在是瑪莉卡的了，」我轉頭望著她說，「如果博物館裡沒有他的畫，這個展覽就不完整了。」

「我買畫只是為了讓它有個安穩的家，」瑪莉卡說，「它真正的家是博物館，我已經取消交易了。」

「那其他被賣掉的東西呢？」我說。我想起那些搬運鱷魚標本的人。

「博物館還有很多庫存文物可以拿出來展覽吧，珍妮？」

爸說。

　　媽點點頭。

　　「對，我們已經等不及展出那些幾十年來都沒人見過的寶貝了，我們也要為一些文物規畫盛大的開展儀式！」

　　德倫把那些鈔票遞給我，「這是你的，柯爾。」他說，「也許你可以聯絡一些專家，看他們願不願意收購？」

　　我搖搖頭，「我覺得這些應該要放回博物館，」我說，「妳可以放進〈油畫祕辛〉展覽吧，媽？」

　　媽露出微笑。

　　「這個主意很棒呢！」她說。

CHAPTER 38

真正的畫家

幾天後，媽和莎賓博士登上地方新聞，讓大家知道博物館有多棒。莎賓博士拿著有胡狼頭的卡諾卜罈，解釋巴索·華瓊斯如何運用這個文物讓大家尋寶。媽問我是不是真的不想跟她們一起上電視，我是真的不想再上電視了，我想我這輩子的知名度已經夠了。

媽上電視時真的很棒，她一點都不緊張，輕鬆聊著她的工作，還有博物館對附近居民來說有多重要。

「博物館可以讓你近距離觀察長毛象的毛，這種地方並不多。」她說。主持人笑了出來，以為她在開玩笑，但媽強調那是真的，這間小小的博物館真的在主展區的玻璃櫃裡，收藏了一根長毛象的毛。聽起來真是不可思議，我決定改天要親自瞧瞧。

放學回到家時，爸穿起外套準備出門。

「啊，你回來了，」他緊張的說，「我要出門了，柯爾，你媽會在平常下班時間回來。」

「好，祝你好運，」我說，「你會表現得很好的。」

爸露出微笑，但他看起來很不安，因為他要去面試新工作。我們上電視那天，也就是梅寶跟全世界說那幅畫是她畫的那次，爸跟記者提到自己以前是樂團的設備人員。附近的劇場經理曾經見過爸，於是就和他聯絡，因為他們在找能在演出時上工的晚班舞台工作人員，他們很高興爸有控制燈光和音效的經驗。

爸深吸一口氣、打開家門。

「記得喔，你只是接近了一個轉彎處而已。」我說。爸對我微笑，接著就抬頭挺胸的走了出去。我關上門，有種很好的預感。

我發現梅寶在旁邊轉來轉去。

「梅寶吃餅乾，柯爾？」爸一走她就開口。

「我有更好的東西要給妳，梅寶。」我說，「跟我來。」

我走上樓，她也輕輕跟在我後面。我走進房間、跪在地上把手伸到床底，拿出我們解開〈油畫祕辛〉那天，德倫送回來的黑色布袋。梅寶在我打開布袋時瞪大了眼睛。

「梅寶的畫！」她伸手說。她盤腿坐下，把畫放到大腿上，細細看著那些鮮明的色彩，「這是梅寶，這是柯爾。」她指著兩團橢圓形的顏料說。

「對，是我們。」我說，「不過妳得做一件事，讓大家知道這張畫是妳的。」

那箱美術用品還靜靜的放在我房間的角落，我從裡面拿出

畫筆和藍色顏料，把之前畫上的「C」覆蓋過去，再挑了黃色顏料，用畫筆蘸取。

「有人曾經跟我說，在作品上簽名是很重要的。」我說，梅寶瞪大眼睛看著我，「我來幫妳吧，我們可以在這裡畫上代表梅寶的『M』。」

梅寶露出笑容、抓住畫筆，我扶著她的手畫了一個歪歪扭扭的「M」。

梅寶拿起畫，我們一起欣賞了一番。

「梅寶・米勒的〈捕捉〉，」我大聲說，「這是妳畫的，妳有一雙巧手呢！」

不久前，這張畫還價值100,000英鎊，現在想起來只覺得難以置信。梅寶嘆一口氣，把畫放到地上。

「柯爾玩蝴蝶遊戲？」她說。

我對她微笑。

「好啊，梅寶，」我說，「來玩吧。」

（完結）

世界上真的發生過
「騙過全世界」的惡作劇。
一起來看看「英國說故事大師」
麗莎・湯普森最喜歡哪六個知名惡作劇吧!

騙過全世界的惡作劇

英國說故事大師與六個知名騙局

　　歷史上有一些特別有趣的惡作劇事件，有的很好笑，不過有的……有點可怕，但都是很聰明的惡作劇。以下就是我最喜歡的惡作劇！

義大利麵樹

　　我沒有很愛過愚人節，也無法理解那種想讓別人出糗的心態，但這絕對是史上最棒的愚人節惡作劇。1957年，英國廣播公司（BBC）的新聞電視台節目《全球透視》（*Panorama*）為觀眾精心安排了一場華麗的惡作劇。他們在節目裡播放了一段三分鐘的影片，是瑞士家庭從「義大利麵樹」上採收義大利麵的過程。義大利麵在當時並不常見，八百萬觀眾看了這段黑白影片之後，很多人都信以為真，隔天就有好幾百人打電話到英國廣播公司，詢問該如何栽種義大利麵樹，真是太精采了！

瑞士家庭的
義大利麵樹

斐濟美人魚

　　1842年，美國馬戲團經營者暨表演家巴納姆（P. T. Barnum），在他位於紐約的博物館展出了一隻「斐濟美人魚」。他以有著飄逸長髮的美麗人魚畫像來打廣告，但展出的那隻人魚完全不是這麼回事，它其實有著小猴子的頭和身體，只是縫上了魚的尾巴，據說是一位日本漁夫製作的。巴納姆在自傳中如實描述了它的外觀：「一個又醜又乾，看起來黑黑的小標本……它舉著雙手，死亡時似乎相當痛苦。」

斐濟美人魚
©Wikimedia Commons

騙過全世界的畫家米格倫

　　米格倫（Han van Meegeren）是1930年代受過傳統訓練的荷蘭藝術家，有人批評他的作品缺乏原創性，而為了報復這些評論，他便決定幫17世紀的名畫家維梅爾（Johannes Vermeer）製作「新」畫。米格倫非常聰明，用了17世紀的畫布和顏料，再摻入酚醛樹脂（Bakelite）這種熱固性合成樹脂。如此一來，經過高溫烘烤，顏料就會變得又硬又脆，讓人以為他的畫有幾百年歷史。他騙過了所有人，往後幾年又製作了六張維梅爾的畫作，以及其他荷蘭畫家的畫。米格倫在第二次世界大戰後不久就因為叛國罪被捕，因為他將一張假畫賣給了納粹高官，他唯一的答辯就是承認那些畫作是偽造的。這件事在當

©Wikimedia Commons

米格倫與他的畫作〈少年耶穌與長老〉。

時非常轟動，米格倫也被後人譽為20世紀最偉大的假畫製作家。他賣假畫所賺到的錢，相當於現在的30,000,000美金（約為900,000,000台幣）呢！

神奇的鴨嘴獸

接下來的這個惡作劇讓人十分困惑，而且這其實不是惡作劇，是真的有著「鴨嘴」的鴨嘴獸。這種生物在1799年第一次被人發現後，就讓歐洲科學家傷透了腦筋，因為牠的喙很像鴨子，身體像水獺，尾巴又像河狸，大家都以為牠就像斐濟美人魚，是東拼西湊出來的惡作劇。

©Wikimedia Commons

1799年英國插畫家諾德（Frederick Polydore Nodder）所繪製的鴨嘴獸。

猴子畫家布拉索

　　1964年，有位默默無聞的法國畫家布拉索（Pierre Brassau）在瑞典展出了四張畫作，且藝術評論家和記者都一致稱讚。有位評論家說：「布拉索靈巧的筆觸就像巴蕾舞者。」只有一個人不喜歡這些畫，他說：「只有猴子才會畫出這種東西。」結果被他說對了，布拉索其實是一隻4歲

黑猩猩彼得

的西非黑猩猩，牠叫「彼得」，住在瑞典的動物園裡。這個惡作劇是一位記者想到的，他想測試藝術評論家，看看這些「專家」能不能看出現代藝術和猴子的畫有什麼差別。不知道瑪莉卡・洛夫對這件事有什麼看法呢？

　　黑猩猩彼得似乎很喜歡畫畫，牠作畫的時候旁邊都會有一堆香蕉，而且牠可以在10分鐘的畫畫時間裡吃掉九根香蕉呢！

英國鄉村裡的花仙子

　　我最喜歡的惡作劇其實是由小孩發起的。20世紀初，當時16歲的艾西・萊特（Elsie Wright）和9歲的法蘭西・葛來芬（Frances Griffiths）住在英國布拉福德市的科廷利村（Cotting-ley），兩個女孩經常到艾西家旁的小溪玩，她們都跟爸媽說

要去找花仙子。為了證明這件事，艾西跟爸爸借了相機，照片洗出來後，他們看到法蘭西對著鏡頭笑，還有四個花仙子在她面前跳舞。女孩們後來又拍了四張花仙子的照片，驚動了許多民眾和科學家，連《福爾摩斯》的作者柯南‧道爾（Arthur Conan Doyle）爵士本人都認為這是靈異現象。

　　如同這本書裡衰退的〈油畫祕辛〉尋寶熱，科廷利花仙子的熱潮也在1921年後逐漸消失，直到1980年代，艾西和法蘭西才承認那些照片是假的。你能想像保守一個祕密這麼多年嗎？她們說花仙子其實是用紙剪出來的，而科學調查竟然都沒有發現。不過，故事到這裡還沒結束，因為法蘭西還是堅稱最後兩張照片完全沒有造假……所以，也許這不全然是一場惡作劇？

小女孩法蘭西與花仙子

說謊男孩
THE BOY WHO FOOLED THE WORLD

作　　者：麗莎‧湯普森（Lisa Thompson）
繪　　者：麥克‧羅利（Mike Lowery）
譯　　者：陳柔含

小樹文化股份有限公司
社長：張瑩瑩｜總編輯：蔡麗真｜副總編輯：謝怡文｜責任編輯：謝怡文
行銷企劃經理：林麗紅｜行銷企劃：蔡逸萱、李映柔｜校對：林昌榮
封面設計：周家瑤｜內文排版：洪素貞

發　　行：遠足文化事業股份有限公司 (讀書共和國出版集團)
　　　　　地址：231 新北市新店區民權路 108-2 號 9 樓
　　　　　電話：(02) 2218-1417 ｜ 傳真：(02) 8667-1065
　　　　　客服專線：0800-221029 ｜ 電子信箱：service@bookrep.com.tw
　　　　　郵撥帳號：19504465 遠足文化事業股份有限公司
　　　　　團體訂購另有優惠，請洽業務部：(02) 2218-1417 分機 1124

法律顧問：華洋法律事務所 蘇文生律師
出版日期：2023 年 1 月 17 日初版首刷
　　　　　2023 年 8 月 14 日初版 3 刷

特別聲明：有關本書中的言論內容，不代表本公司／
出版集團之立場與意見，文責由作者自行承擔
All rights reserved 版權所有，翻印必究
Print in Taiwan

ISBN 978-626-96756-6-1（平裝）
ISBN 978-626-96756-5-4（EPUB）
ISBN 978-626-96756-4-7（PDF）

國家圖書館出版品預行編目資料

說謊男孩／麗莎‧湯普森（Lisa Thompson）著；
麥克‧羅利（Mike Lowery）繪；陳柔含 譯 -- 初版
-- 新北市：小樹文化股份有限公司出版；遠足文
化事業股份有限公司發行, 2023.01
面；公分
譯自：The Boy Who Fooled the World
ISBN 978-626-96756-6-1（平裝）

873.596　　　　　　　　　　　111021427

小樹文化官網　　　小樹文化讀者回函